日本新锐作家文库

空中庭园
空中庭園

〔日〕角田光代 著

赵乐平 译

青岛出版集团 | 青岛出版社

山东省版权局著作权合同登记号　图字：15-2023-94 号

图书在版编目（CIP）数据

空中庭园 /（日）角田光代著；赵乐平译 . -- 青岛：
青岛出版社 , 2025. -- ISBN 978-7-5736-2943-2

Ⅰ. I313.45

中国国家版本馆 CIP 数据核字第 2025KT8547 号

	KONGZHONG TINGYUAN
书　　名	**空中庭园**
著　　者	［日］角田光代
译　　者	赵乐平
出版发行	青岛出版社
社　　址	青岛市崂山区海尔路 182 号（266061）
本社网址	http://www.qdpub.com
邮购电话	0532-68068091
策　　划	霍芳芳
责任编辑	张庆梅
封面设计	今亮后声·韩久昊
插画设计	尔凡文化
照　　排	青岛可视文化传媒有限公司
印　　刷	青岛双星华信印刷有限公司
出版日期	2025 年 3 月第 1 版　2025 年 3 月第 1 次印刷
开　　本	32 开（889 mm×1194 mm）
印　　张	10.875
字　　数	155 千
印　　数	1—5000
书　　号	ISBN 978-7-5736-2943-2
定　　价	49.00 元

编校印装质量、盗版监督服务电话：4006532017　0532-68068050

上架建议：日本 / 文学 / 畅销

关于空中庭园

此前，我曾有幸翻译过角田光代的《彼岸的她》一书。当接到角田光代的《空中庭园》一书的翻译委托时，可谓欣喜若狂，因为在翻译完《彼岸的她》后，我已经成了角田光代的书迷。

提及家庭，大多数人会用"温暖""幸福""爱"等字眼来形容，但每个被冠以"幸福"之名的家庭，都绝不会仅有幸福。一个家庭，也可谓一个小小的社会，聚集在一起的家庭成员们为了能被冠以"幸福"之名，需要苦心经营，以秘密为针，以隐忍为线，为这个空间缝制华裳。《空中庭园》给我们描绘的便是这样一个家庭。

《空中庭园》一书以独白的叙述方式，以家庭为舞台，以家庭成员不同的视角为轴，以各个家庭成员的秘密为切入点，编织出了一个关于家庭、关于爱的故事。京桥家有着一条家规——不能隐瞒任何事情，不能相互猜忌，互相敞开心扉分享生活。为了遵循家规，一家人不论有什么事都须直言不讳，但看似没有秘密的家庭中，实则充斥着秘密。本书分别从不同人的视角切入，每一章转变一次视角，不是以接力的形式，而是以切入的方法将这个家庭的秘密层层剥开。写作手法新颖，既像推理小说一样充满诱人的谜团，又像非虚构小说一般引人深思。

女性作者与男性作者总是不同的。在描写家庭生活、夫妻情感时，女性作者总是更加敏感和犀利，在对两性关系的看法方面，其视角也会更加独特。角田光代是女性文学创作者中的佼佼者，其文字虽有阴暗的外壳，但内核却明亮到让人内心发烫，看似矛盾却又相当和谐，读来甚妙。

　　作为角田光代的书迷，我很开心地阅读了《空中庭园》原作，充分感受到了这个故事的魅力。虽然我的翻译水平一般，但还是尽力还原了原作的内容。如果各位读者能通过我的文字感受到原作的魅力，并且享受阅读该书的过程，就太好了。真心希望我的翻译能给大家带去良好的阅读体验，再次真诚地感谢每一位购买这本书的读者。

赵乐平

2024 年 10 月

目 录

美好的家

我是一个在情人旅馆中受孕而成的生命，甚至连具体哪家旅馆都知道，就是那家位于高速公路出入口附近、旅馆林立的红灯区里的"野猴旅馆"。很多旅馆的名字会让人怀疑命名者的品位，比如"课外辅导"啦，"阿罗哈"啦，"旋转木马"啦。不过，还是"野猴"的品位最差，简直是地狱级别的恐怖名字。但事实上，我就是在这家名字难听的情人旅馆中受孕而成的生命，这也太让人无奈了。

　　十五岁的孩子通常多愁善感。话说正值青春年少的我，为什么会知道自己生命的起点呢？原因有两个。

　　一是木村花的话。就在那天，娱乐杂志大篇幅报道了某艺人在新婚旅行时怀上了孩子的消息。木村花来到学校，一脸自豪地开始嚷嚷自己的来历。她说她的父母当年就是在阿姆斯特丹度蜜月时怀上自己的。

　　木村花夸张地说："总有一天，我会回到阿姆斯特丹这个特殊的地方。"她还自我感动地认为，虽然她未曾去过，但是那里一定会带给她一种似曾相识的感觉。她的这些话让周围的同学略感不舒服。

虽然心中不快，但那几名同学还是觉得这是一件很浪漫的事。于是，大家回家后各自怀着期待的心情，或是用小孩子撒娇般的语气，或是拐弯抹角地拉着父母问他们当年是在哪里怀上自己的。当然，我也问了。

二是我家的家规。我家的家规是不能隐瞒任何事情，不能相互猜忌，互相敞开心扉分享生活。所以，晚上打工下班的妈妈回家后，一边准备着晚餐，一边认真地回答着我的问题："高速公路出入口附近不是有一家'野猴旅馆'吗？就在那家。虽然那家旅馆破旧不堪，但能称得上是家'老字号'。妈妈也不喜欢那家旅馆，可是那天周围的旅馆都满客了。我和你爸爸一家一家地边走边找，'旧金山旅馆'早就满了，'笔友旅馆'要等两个小时，连'春神旅馆'也满客了。找遍了附近的旅馆，几乎每次进门都被前台拒绝，最后只剩下'野猴旅馆'有房间了。"

爸爸妈妈制定家庭成员之间要坦诚、不隐瞒秘密的家规，并不是为了避免我们学坏，而是基于他们的根本想法。在他们看来，只有那些羞耻、不体面、错误的事情才需要遮遮掩掩，也就是说做错了事才需要闭口不言。但是，爸爸妈妈相信他们问心无愧，任何事情都能摊开来说。

比如女性的月经。他们认为女性来月经既不丢人，也不是坏事，所以当我初潮到来时，家里甚至为我举办了"初潮晚餐会"。正如字面那样，爸爸、妈妈、小光（弟弟）和我四个人一起在"探索购物中心"里的餐厅吃了饭，庆祝我初潮到来。

甚至连性行为也是如此，我们也为小光举办了"性觉醒晚餐会"。当然大家也没有大大咧咧地说恭喜弟弟梦遗，然后送他成人书籍，不过依旧在"探索购物中心"里的餐厅吃了一顿晚餐。爸爸妈妈教育我们，性欲本身既不是可耻的，也不是错误的，真正不应该的是没有爱意和不负责任的性行为。

我想，如果我家没有一切事情都能摊开来在日光灯下说这种家规的话，妈妈肯定不会告诉我"野猴旅馆"的事，而可能会敷衍地说"我忘了是在哪里""可能是在爸爸家里吧"，也可能会面红耳赤地说"女孩儿不要问这些事情"。总而言之，要是没有这条家规，妈妈是绝对不可能供出"野猴旅馆"的事情的。

"哎呀，孩子爸爸，今天美娜问我，她好奇我们当初究竟是在哪里怀上她的呢！"妈妈对刚回家的爸爸说道。

"是'野猴旅馆'！我记着呢！"爸爸脱口而出，还补充了弟弟的来历，"小光是在这个房子里！"

"真是的，这么俗气的旅馆名字，我怎么和大家说出口嘛！木村花是在阿姆斯特丹这样洋气的地方，而我却是在'野猴旅馆'……说出来也太丢人了！"我十分在意地喊道。

今天的晚餐吃饺子。我们在餐桌旁各自入座，一起包饺子。我包紫苏虾仁饺子，妈妈包韩国泡菜饺子，爸爸包普通饺子。小光没有参加社团，也还没回家，估计他去"探索购物中心"那边闲逛了。

"爸爸，你过来帮忙包饺子前要先去洗手呀！"我说。

"话说回来，在那时候选择去阿姆斯特丹度蜜月的，都是嬉皮士吧？很难说他们当时去干什么了呢！美娜，你说那孩子叫小花？我懂了，这就是嬉皮士年老后的下场吗？"爸爸笑嘻嘻地说。

"孩子爸爸，我也想喝一杯啤酒。"妈妈插嘴说道。

"嬉皮士什么的也太落伍了吧。不过和'野猴'这个词比起来，'嬉皮士'也算是挺酷的了。唉……"我嘟囔着。

"先不说这个，你们没有发现最近小光总是很晚才回家吗？"妈妈无视我的不满，把话题转移到弟弟身上。

爸爸和妈妈自小就在这个地方长大，过着普通又平凡的生活。后来两个成绩差的不良分子相遇相爱，在一次坦然相对、充满大男子主义、没采取措施的亲密接触后，年纪轻轻就奉子成婚，成了一对平凡的夫妻，如今已携手养育了两个孩子。

"该不会小光也变成不良少年了吧？类似于别人所说的'老鼠的儿子会打洞'？"我联想到父母的交往故事，不禁脱口而出。

"成为不良少年早就已经不流行了。"爸爸对这个话题兴味索然，边说边把烤盘放到桌子上。

直到晚上七点半，小光也没回家，我们三个人只好先吃饭了。今天的话题一直围绕着"野猴旅馆"。当年爸爸妈妈走了一家又一家旅馆，到处寻找空房间，那番情景历历在目。他们也把妈妈告诉爸爸自己意外怀孕了的事情一五一十地告诉了我。

吃完饭，洗好碗碟，我们移到沙发上继续聊天。那天晚上他们为什么要去情人旅馆约会呢？我坐在沙发上，呆望着阳台外那如渔火般的点点灯火，漫不经心地听他们说十六年前旅馆的样子、约会的故事等往日的时光。

就这样，一些关于这个家的往事被摊开来放在日光灯下，成了大家的美好回忆。

早上七点，我攥紧原本放在餐桌上的一千日元钞票，在仿佛连空气都被冻住了的深冬的清晨，一路小跑来到公交车站。层层白雾随着我的呼吸在鼻尖处扩散开来。等到达公交车站，我轻轻回头望向家的方向。我住的小区耸立在清冷的空气中，住宅的窗户全朝向我的方向，有的阳台上观叶植物的叶子垂落下来，有的晾着衣服，有的随意堆放着拔下插头的圣诞节灯饰，却不见半个人影。小区建筑安静地耸立在冬日清晨中，晨光从楼与楼之间照耀进来，整个小区像被划开了一道道线。

这一整片有着十七年历史的小区，比马上就到十六岁的我大一岁，从A栋到E栋之间都有微型公园和便利店。爸爸和妈妈在得知我的存在后，在其中一方父母的支持下（我忘记了是哪一方），在这个小区里购买了一套房子，开始了他们的新婚生活。

这片小区远看还算整齐，但其实外墙早已污渍斑斑。小区虽然面积挺大的，可实际上破败老旧。小区堆积了十七年之久的疲惫与污垢，仿佛也同时沉落在我的心中。

有几个人陆续来到车站，没过多久，公交车就到站了。时间还早，车内只有寥寥三四人。只见森崎和平时一样坐在双人座中，我来到他旁边的座位上坐好。

"早上好！"

"早上好！"

我冷淡地和他打过招呼后，说起昨天的事。从木村花的话开始，到我回家询问父母关于受孕地点的事。我说完后，森崎惊讶地瞪大了眼睛说："这是真的吗？哇，这种事情也太不可思议了吧……"他惊讶不已。

"对吧？那个木村花，感觉还不坏吧？"

"不是啊，我说的是你家呀！你家的人怎么会在吃饭的时候谈论这种事情呢？这真的太不可思议了！"森崎呼吸变得急促，他又感叹了一遍，"这种事情是不可能发生在我家里的，绝对不可能。"

森崎絮絮叨叨地说着，我觉得他有些可怜，于是只好改了一下自己的话："那是因为森崎家的人很正经严肃啊！"

本来是为了让森崎释怀的，谁知我好像解释得太容易让人误解了。

"什么？"森崎伸长脖子看着我。

"你家的人不轻浮，是脚踏实地的人。"我说。

"脚踏实地的？"森崎没再开口了。

我看向窗外不断变化的景色。

公交车驶出小区，车窗外的景色变成了大片的农田。农田中央矗立着一块巨大的广告牌，上面的宣传广告会定期更换，现在张贴着的是新发行的 CD 的宣传海报。只见不远处的大桥上，不断有车身涂有红白两色油漆的电车驶过。电车经过时的声响不明显，直到数秒后才传来细微的轰隆声。这番景象能从我家浴室的窗户处看到，只是距离有些远。如果洗澡时打开窗户，就能看到红白相间的电车像拉拉链般飞驰而过。

森崎的家是一栋老旧的独院式住宅，位于公交车终点站附近，大概走十五分钟就能到。我去过他家几次。他家大院子的一角有个能容纳一人居住的小仓库，旁边带顶棚的车库里，并排停放着拖拉机、白色丰田皇冠车和红色小型汽车。

森崎的家总体看上去很杂乱，但在这杂乱又宽敞的空间里，他的家人各自拥有自己的地盘。比如玄关旁边那间十张榻榻米大小的日式房间，虽然有客厅的功能，却到处散落着报纸、杂志、电车时刻表、外卖宣传单，乱糟糟的，四处可见堆积如山的刚收进来的干净衣物。森崎的妹妹霸占了这个房间，大家都默认这里是妹妹的地盘。

插一句话，森崎的妹妹是个又胖又呆、不怎么好看的女孩儿，还有"短信依赖症"。如果拿走她的手机，不到五分钟她可能就会窒息而亡吧！森崎的妹妹即使在吃饭的时候也会握住手机把玩着。她总是夹起一块炸鸡就在手机上打一小段文字，喝一口味噌汤就打一小段文字，最后用筷子插起一小块芋头，再打下自己的名字，然后一边把芋头放进嘴巴里嚼嚼吞下去，一边把短信发送出去。

森崎家里没人为此生气，应该说是没人在意他的妹妹吧。吃晚餐时，森崎的祖母、父母和森崎都在看电视。他们家是不会在吃晚餐时聊天的。我没问过他家是否真有这条规定，但是他们严格遵守到现在。

客厅斜对面有一间相当于我家厨房三倍大的厨房，地上堆满了酒瓶、米缸、调味罐和各种各样不知道装着什么的罐子，让人很难落脚。排气扇被油烟熏得黑乎乎的，灶台也陈旧不堪。这里的主人不是森崎的妈妈，而是他的祖母。森崎的祖母像住在厨房里一般，整天都待在里面。只要我或者森崎走进厨房，祖母就像被别人发现自己在吸有机溶剂似的惊慌失措起来。当然，她不可能吸有机溶剂，可是她如此手足无措的原因，却无人知晓。

明亮与昏暗、灰尘与酱油渍、地盘与冷漠，这些森崎家随处可见的东西，都是不存在于我家的事物。

下了公交车，我们走在通往学校的斜坡上，顺道去了一趟杂货店。位于学校后门的杂货店的店主是一位佝偻着背的老奶奶。现在离上课还有三十多分钟，店里空无一人。森崎买了两根玉米棒和一罐咖啡，我买了一碗方便乌冬面，拜托老奶奶帮我往碗里倒热水。这家杂货店营业时间很长，据说早上七点就开门了，晚上接近十二点的时候也还会有人在店里。大家私下里开玩笑，说老奶奶说不定是个制作精巧的机器人呢。

"一大早的，你怎么又吃乌冬面了？"森崎每次都这么问我。

"因为我早上没吃早饭呀！"我也照常回答他。

"哦……"森崎无所谓地说，然后蹲下来开始啃玉米棒。

"唉，真想逃走。"森崎眯着眼说。这句话是他的口头禅，没有特别的意思，估计是他太累了，提不起劲儿了，所以随口抱怨着。今天说这句话，我猜是因为他忘记做第一节课的英语作业了吧。

我想了一会儿，转身对森崎说："喂，森崎……"

森崎抬头看了看我，他手上的明太子味的玉米棒刚吃了一半，嘴边都是碎屑。

"你之前不是问我下个月过生日想要什么生日礼物吗？我跟你说，我不要礼物，我想去一个地方。"我下定决心一口气说完，紧张得心脏怦怦直跳。

"哦，是什么地方？"森崎问。

"嗯……"我感到有点儿难说出口，"我说了你可不要笑啊！"但如果不说出口，那就去不成了。因为那个地方我不敢一个人去。

等森崎点了点头，我一口气把话说出来："我想去高速公路出入口附近的旅馆。不是做那种事情啦，只是去看看而已……"

"什么?!"森崎突然提高音量，惊讶得张大嘴巴看着我。我能清楚地看见他舌头上的玉米残渣。

"真……真的吗? 你说的……你刚才说的是认真的吗?"森崎反复嘟囔着。他脸颊和耳朵都变红了，低头啃着玉米棒。

我也默默地继续吃乌冬面，不知道是因为天气太冷而冻着了，还是太害羞，我的耳朵微微发疼。

直到昨天，我都想着和森崎要一枚银质尾戒作为生日礼物，可是在得知"野猴旅馆"的事情后，便改了想法。因为现在我有了比得到一枚尾戒更重要的念头。

森崎没有答应去旅馆的事情，只是自顾自地开始啃第二根浓汤口味的玉米棒。

"喂，你刚才说那些话，该不会是因为你瞧不起我吧？"他移开视线，突然开口说道。

"什么？你指的是哪些话？"我坐直身体问。

邀请他去情人旅馆果然是件不恰当的事情吧。原本还以为没有男性会拒绝这种邀请，看来我还是没猜对啊。

"我指的是，你刚才说我们家的人'脚踏实地'那句话。"森崎低着头，用严肃的语气说。

"怎么了？这不是夸奖的话吗？怎么会说我瞧不起你呢？"我说。

"这样啊……"森崎看了手上的玉米棒好一会儿，说，"我还以为你嫌弃我们家很土。"

"你说什么呀？我不懂你的意思。你们不做作，一直脚踏实地的，所以一点儿都不土。"我努力解释着。

看起来是我刚才的话伤害到了森崎。

昨天父母坦白地告诉我，他们不是在名叫"爱神""玛利亚斯"或是"蔚蓝海岸"的旅馆，而是在一家叫"野猴"的旅馆里约会后怀上我的，这让我深深地感到失望。对森崎此时受到的伤害，我十分理解并感到抱歉。所以，我也就无法强求他陪我去"野猴旅馆"。不过，我依旧非常想去看看那个"形成"我的地方，无论如何都想用自己的眼睛去看一次。但如果老老实实地说出来的话，有可能会再次伤害到森崎。我一边喝乌冬面汤，一边苦思冥想。

这时，远处突然传来一阵笑声，原来是有学生陆续爬上了斜坡。

"你刚才说的那件事，我愿意去。"森崎冷不丁地开口答应了，他动作幅度有些大地把剩下的空袋子扔进了垃圾桶。

就这样，我们来到了"野猴旅馆"。第一眼望过去，让我吃惊的是，这个旅馆里的房间竟然非常整洁。在我的印象中，一家情人旅馆的房间里会有梦幻的红色灯光、有点儿脏的红色被褥、磨损不堪的脏地毯、发出轰隆声的电动大圆床，还有陈列在柜子里的成人玩具，等等。然而这个房间里却没有这些东西。打开房门，能看见房间里面的装修并不老旧，反而干净简洁又清新，与旅馆破旧的外观截然不同。房间整体像个普通的卧室，或者说家具摆放得像某个人的卧室。

这个房间的大小和我家的起居室差不多，地板擦得锃亮。房间正中央摆放着一张铺着粉色格纹床罩的特大双人床，旁边有一台29英寸的电视，电视前方还有一套格纹沙发，墙上装饰着马蒂斯的仿制画，还有一个四面透明的玻璃浴室。我受到某种震撼，甚至觉得在这个房间里生活也并非不可以。

"哇，可以唱卡拉OK！哇，有成人录像带！哇，还有薯片呢！"森崎进门后，一边惊讶地叫着，一边紧张地东张西望。

按捺住紧张的心情，我用听上去没什么大不了的语气配合他说："哇，咖啡！哇，笔记本电脑！咦，床边的按钮有什么用途？"

我们在房间里到处转悠，大呼小叫。

距离我的生日还有几个周，今天或是明天来都一样。不过，森崎提议今天就去，我们直接在放学后穿着校服来到"野猴旅馆"，很顺利地登记好了房间。如果是去"爱神"或者"蔚蓝海岸"的话，可能会因为那种含义太明显了而紧张得不敢进去呢！"'野猴'，哈哈！'野猴旅馆'，哈哈！"我和森崎一路说说笑笑，自然地走进了旅馆。

最后，我们两个安静下来，在"野猴旅馆"506号房里面面相觑。就像小学生准备上台表演才艺那样，我们感到一阵小鹿乱撞般的紧张感。渐渐地，我们越发靠近彼此，突然，两人"啵"的一声嘴对嘴亲了一下。

"哈哈哈哈！"森崎转过脸去。

"哈哈哈哈！"我也跟着笑起来。

下一刻，森崎突然沉默了，他思考了一会儿，然后带着我从未见过的表情向我靠近。他把脸凑近我，用力拥抱我，舔舐着我的嘴唇，将我按倒在床上。我觉得很不舒服，差点儿忍不住叫停他。因为我从未有过这样的经历，所以不知道对方的做法对不对，或许只是我少见多怪而已。我一边胡思乱想，一边环顾房间。

窗帘和床罩一样，都是格纹图案。拉开窗帘后能看到什么呢？玻璃茶几上整齐地摆放着电视遥控器、空调遥控器、烟灰缸和薯片。枕头后方是宽宽的床头板，上方有纸巾、安全套和菜单。摆放了咖啡机的茶几上，还有一个插满塑料假花的黄色花瓶。

这个房间看起来像个普通卧室，但又到处有着古怪的地方：巨大的床，天花板上有一面大镜子，躺在床上就能把玻璃浴室里面的情形看得一清二楚。如果说粉色格纹床罩和房间的氛围十分不搭，那多少有些矫情了。但有小冰箱却没有厨房的设计，就十分不自然了。可是不知为何，在我看来，这个房间和普通的居所没什么区别。我甚至猜想，我们那个在五楼拐角、干净温暖又舒适自在的家，说不定是妈妈按照旅馆房间的模样布置的呢。我会产生这样的想法，是因为这里是我生命的起点吗？这不禁让我的心情变得有些沉重。木村花未来有可能会去阿姆斯特丹怀念过往，而我只能在"野猴旅馆"里感受温暖吗？

"森崎，人们可以在这里生活呢。"我说。

注意到森崎猴急地想要脱下我的校服，我主动脱下外套和衬衫。我说：“如果……我说如果今天我身体里的卵子和你的精子能结合，以后我们就变成一家人了。真神奇呀！”

森崎也脱下他的校服。他的衬衫下面是件印有米老鼠图案的 T 恤。森崎自己不喜欢卡通图案，那这件 T 恤应该是他妈妈买的吧？

“唉，不行啊。”森崎一只手揉搓着我的胸脯，另一只手去摸我的大腿，突然嘀咕了一句后，便松开手，翻身躺在我身旁。

“哈哈哈哈……”森崎笑起来，他像绕学校跑了五圈似的喘着粗气，“唉，真想逃走。”他补上一句口头禅，听起来却带着一股悲伤。

“没事儿，别放在心上。”我好像又说了一句不合时宜的话。我和森崎一起平躺在床上，齐齐望向天花板。我是真的不在意，因为我来旅馆并不是为了告别处女身份，只是想亲眼看看自己生命的起点。

“真想一直待在这里啊。”我低声说道。

"来都来了，不如我们唱卡拉 OK 吧！"森崎起身穿上裤子。

趁着森崎在另一边翻阅卡拉 OK 点歌本，在点歌机中输入数字，我解下原本挂在包上的小泰迪熊。这款是市面上常见的很普通的泰迪熊玩偶，品牌方按照一年的日期设计了不同花纹和款式的生日泰迪熊，共有 365 种。按照我的生日日期买的小泰迪熊身上穿的衣服用的是紫黄相间的格纹花呢布。

布置了许多格纹装饰物的房间里，忽然传来一阵轻浮的歌曲声，是森崎在唱着跑调的 Thee Michelle Gun Elephant[①] 的歌。我在房间里环视一圈，走到放有咖啡机的茶几旁，拉开抽屉，悄悄地把穿着紫黄格纹衣服的小泰迪熊放进空荡荡的抽屉中。关上抽屉，我仿佛觉得连带自己也被关进了一个四方的、黑暗又密闭的空间里。

---

① 20 世纪 90 年代很活跃的日本摇滚乐队，由四名男性成员于大学时组建并以东京为中心展开活动。乐队于 2003 年解散。译者注，下同。

离我家小区两站地远的地方有两家便利店，我在其中一家名叫"阿帕玛"的便利店里看见了妈妈。和森崎分开后，我特意在这个车站下了车，没别的理由，只是因为还不想回家。我只想尽情地把果汁和薯片包装看个心满意足后再回家。

在玻璃橱窗旁的杂志区，妈妈站在染着黄色头发的年轻男人和披散着长卷发的高中女生中间，入神地翻阅着杂志。这个场景太让我意外了，以致我一时没把妈妈认出来。

妈妈不在"探索购物中心"，而是在高速公路出入口对面的大马路附近的餐馆打工。那附近有好几家餐馆，妈妈工作的地方是一家全国连锁的乌冬面馆。妈妈为了坚持在我们放学回家前，她一定会待在家中等候的原则，与打工的面馆商量好了，会准时下班，绝不加班。不过最近妈妈常常晚归，原因是她的同事莎琪（一个十九岁的自由职业者）交了一个喜欢束缚她自由的男朋友。妈妈向我们解释说，热恋中的莎琪老是迟到早退或是无故旷工，面馆人手不足，就需要全职和兼职员工顶班，填补空缺。现在接近晚上七点了，妈妈居然没在面馆里加班，而是跑来便利店里翻看杂志。

"妈妈，今天这么晚了还没回家啊。"我一边走向她，一边喊她。

妈妈吓了一跳，她立刻把杂志放回架子上。可能是因为惊讶过头了，她一时间无法发出声音，只能嚅动嘴巴咳嗽起来。

"哎……哎呀，美娜啊，你……你怎么来了？"妈妈满脸通红，说话结结巴巴的。

"嗯……"我心想，糟糕，没想到我和妈妈搭话竟然会让她如此紧张惊讶，早知道就不和她打招呼了。我深深地感到后悔，同时怀疑妈妈有外遇了。

我回答："刚才我和森崎一起去'探索购物中心'里吃蛋糕了。我往家里打了电话，但那时候你不在家，所以我就告诉小光我要晚一点儿回家。"

我用轻松平常的语气说着，妈妈却用一脸快要哭出来的沮丧表情看着我。难道妈妈的外遇对象也在现场吗？我若无其事地看了一圈便利店里的人。此刻，店里只有一个二十岁左右、穿着短裙的女生，一个身穿灰色大衣、头发稀疏的半老男人，还有杂志区中一动不动的黄发男子和长卷发高中女生。

"讨厌，你把我吓了一跳呢。"妈妈的嗓音在颤抖，"森崎？啊，是那个像个小猴子的男孩儿。"她看似很放心地嘟囔着，却有一颗泪珠从她的右眼角流下来。我猛地感到一阵愧疚，觉得自己像犯了弥天大罪。

"我去那边看看零食。妈妈你先回家吧，我也很快就回去。"我不知所措地找借口，以便能迅速转身离开，然后匆匆跑到零食饼干区。各种花里胡哨的零食映入眼帘，咖喱味的薯片、爆辣味的薯片，还有限量的奶油酱油味的薯片……我直直地盯着琳琅满目的零食包装，心中却在想：我们家那一切事情都能摊开来在日光灯下说的规定竟如此不堪一击。

我买了爆辣味的薯片和慕斯味的百力滋，走出便利店，没想到妈妈一直站在门口等我。"你买了什么？小心变胖哦。"已经回过神来，变回平常样子的妈妈，看了看我手上的购物袋后笑着说。她勾住我的手臂，我们一同返回家中。路上，她把晚归又待在便利店的原因通通告诉了我。此时，她身上散发出的泡芙的甜腻味道令人觉得非常陌生。

妈妈说，今天他们总算逮到了机会和莎琪面对面谈论关于以后的工作怎么分配的问题，并要求莎琪再也不要随便旷工。包括妈妈在内，有好几个不需要轮班的兼职人员都参加了会议。不过，莎琪一直支支吾吾的，迟迟不把旷工原因说出来，导致会议时间拖长了好久。最后是兼职部的负责人长谷部长（一名五十一岁的主妇）提出建议，要求莎琪负起责任，辞职离开。虽然妈妈帮忙说情了，可是还是改变不了莎琪月底离开的结果。妈妈很喜欢莎琪，打算临别前送她一份礼物，可是不知道送什么好，就到便利店翻阅年轻人看的杂志，想瞅瞅当下的流行品。一路上妈妈都在不停地说着，而我听到长谷部长提出建议那部分时，就失去听下去的兴致了。但中途打断妈妈的话又觉得她会很可怜，只好用略带同情的语气，感谢她如此翔实的解释。

"真的太累人了。"鼻尖冻得通红的妈妈说了好几遍，又连连点头。面对这样的妈妈，我突然很想看着她的眼睛问："我们家的装修风格，是参考了'野猴旅馆'的房间吧？"

"咦，美娜，"妈妈冷不丁地摸摸我的书包后问，"你的小熊挂件呢？"

我的心脏"咚"地颤了一下，惊讶地想：莫非这女人是有超能力吗？有那么一瞬间，我怀疑我们家遵循对家人从不隐瞒秘密的家规不是因为有某种原则存在，而是因为妈妈拥有洞悉一切的特殊能力。

"啊……啊……哦，那个小熊挂件被我绑在森崎的书包上了。"我心里惊疑不定，妈妈的心灵感应会识破我的谎言吗？

"真的吗？你那么重视那只小熊。"妈妈直视着我。

我连忙补充："这是个防止他变心的方法。"

"没想到那个像小猴子的男孩儿挺受欢迎的。"妈妈恢复往常的语气，"真的有效果吗？那我也要挂一只小熊在爸爸的公文包上。"

听见妈妈开起玩笑，我总算放下心来。

"美娜，等爸爸回家了，我们一起出去吃饭吧。现在已经这么晚了，而且最近都没下过馆子。我想去'红龙虾餐厅'。"进入小区的大门后，妈妈继续滔滔不绝。

我用故作天真的语气说："比起去'红龙虾餐厅'吃海鲜，我更想去'牛角烤肉店'吃烤肉呢。"说话间我看着嘴里的白雾随风散去。妈妈是不可能有超能力的，或许是因为我故意做了一些不能曝光在我家日光灯下的事情吧。

"红龙虾"和"牛角"都在"探索购物中心"里。"探索购物中心"是典型的郊区大型购物中心，是在我九岁、小光七岁那年的春天开业的。

从我们小区附近坐上往学校方向行驶的公交车，几分钟后左转，就能看到围绕着众多情人旅馆的高速公路出入口。过了高速公路出入口，再往前行驶一会儿，就来到"探索购物中心"。在这个购物中心里，有超市、流行商品店、餐厅、日用杂货店、汽车用品店、美容院、书店和KTV等。

在"探索购物中心"开业的当天，我们一家四口和其他家庭一样，全家出动来到这个购物中心。我们搭乘的公交车被堵在了路上，无法前进。逐渐不耐烦的我们在中途下车，在去往同一目的地，却只能困在汽车里的人们投来的视线中，大步走进购物中心。购物中心里人山人海，我们买了特价的纸巾和咖啡豆，然后加入排长队的人群中，在一家便宜的意大利餐厅吃了午饭。最后，虽然我们像刚参加完体能训练营般疲惫不堪，却还是不可思议地带着满足的心情踏上了归途。

我相信，"探索购物中心"的出现，不仅拯救了我们小区，也拯救了这片地区数不清的家庭和居民。它除了具有理所当然的便利性，更重要的是给人们带来了精神层面上的松弛感。如果没有"探索购物中心"的话，或许这片地区，特别是小区里的意外事故发生率和犯罪率会更高一些，自杀、离婚、家庭暴力、杀人等事件可能会不断发生。

每个周末，大多数家庭都会前往"探索购物中心"购物、逛街和吃饭，总之就算没有明确的目的，也喜欢去那里逛逛再回家。连大部分初中和高中的学生们也都喜欢在放学后去那里闲逛。一些高中毕业后考不上大学、职业学院，或是找不到出路的人，都会优先选择去那里打工。

"探索购物中心"对于这片地区来说，有着东京之于日本般的地位，可以说它相当于这片地区的迪士尼乐园或机场，也可以说它相当于外国，还可以说它相当于公益设施或职业介绍所。

可是在森崎眼中，"探索购物中心"并不是拯救了我们，而是把我们困在了里面。他还主张炸毁它。虽然我喜欢森崎，却不喜欢他的想法。我真不想看到"探索购物中心"被炸毁！幸运的是，森崎没有能够亲手制作炸弹的聪明劲儿。

实际上，我记不起来在"探索购物中心"建成以前，我们的生活状态是怎样的了。那之前，衣服是在哪里买的？庆祝节日时是在哪里吃的饭？休息日的时候又有什么活动？

自从"探索购物中心"开业后，我唯一担心的事就是"情人旅馆拆除活动"——由家长协会和社区主妇联合发起的拆除情人旅馆的签名会和游行。上一次游行是在去年冬天，那时候我还不知道"野猴旅馆"是我生命的起点，所以抱着看热闹的心情旁观着。可是知道真相后就完全不一样了，这个拆除活动简直不可理喻。

还好这段时间都很平静，没有任何签名会和游行。那些情人旅馆有的歇业了，有的重新装修后依旧在顽强营业。大家的目光都集中在"探索购物中心"，居民们仿佛忘记了这些旅馆的存在。

自从我们一起去过情人旅馆后，森崎就一直故意躲着我。这是我完全无法理解的、我的生活中最大的谜。森崎不但故意推迟一班公交车去上学，而且也不再去老奶奶的杂货店了。在课间休息时，他也是和野机他们那些蠢男生一起打闹玩耍。补习结束后，他更是像学会了魔法似的迅速地从教室里消失了。森崎没有手机，我往他家里打过好几次电话，但他就算在家，也会装作不在，故意不接我的电话。就这样，我不得不怀疑森崎是在有意识地躲避着我。

如果知道他冷落我的原因，我也能接受。可是我自认为没有做错，去情人旅馆前也征得了他的同意。因为森崎彻底无视我，我还曾计划散播消息，说他面对女高中生年轻又丰满的肉体却无能为力，但又觉得这么做会伤害到我自己，最后只好放弃。

理智地想一下，我不应该那么早就去情人旅馆的，至少要等到我过生日那天。几周后就是我的生日餐会了，估计只有家人参加吧。

长期以来，我只和森崎来往，并没有加入到女生团体中，所以根本不可能马上找到女性朋友陪我一起去"探索购物中心"吃华夫饼或是试用新上市的化妆品。这段日子，我只能和几个女孩儿随便聊几句闲话，然后就独自一人回家了。

虽然提早回家的日子才没几天，但我还是发现了妈妈最近的异样。原本尽量不让孩子们为自己打开家门的妈妈，最近却经常晚归。莎琪的事情不是都解决了吗？妈妈完全能够在下午四点的时候准时回到家里的，可是她最近常常超过六点，有时候甚至超过七点才回家。这些天我常常主动淘米，一边听妈妈解释说打工的面馆里还没来得及找兼职人员，一边把妈妈买回来的现成的饭菜装进餐盘中。

小光就更不像话了，他偶尔会在晚上九点多或十点才回家，但平常一般会比我早到家。他回家后就一直躲在自己的房间里，我想小光很可能会成为"家里蹲"。虽然这种想法并没有确凿的证据，但是他身上总散发着一股气息，说好听点儿是有些颓唐，说通俗点儿是怪里怪气。

那天我回家时，妈妈也还没回来。我在玄关看到小光的鞋子，就知道他比我早回家，但他照例把自己关进了房间。

"小光，来喝茶吗？"我站在小光的房门外，邀请他。

"不需要。"他简短地回复了三个字，房门紧紧关闭着。真是够古怪的。

"今天可能会下雪……"我换了话题，但房间里面并没有传来回应。

我给自己冲了一杯加了很多牛奶的茶，坐在沙发上慢慢地喝着。向阳台的方向望去，只见灰色的天空显得很沉闷，远方的山脊被云覆盖住而看不真切。城中各处的灯光像突然想起自己的职责一样，陆续开始亮起。思考间，我猛地想起那只留在"野猴旅馆"506号房间的相当于我的分身的小泰迪熊。只要没有被清洁工或是女顾客发现，它就能长久地留在抽屉中，也能从缝隙中望见房间里的格纹窗帘和马蒂斯的仿制画。下一瞬间，我仿佛附身到了小泰迪熊身上，能通过它的眼珠看见旅馆房间内的摆设。

我手握茶杯，虚弱地蹲在小光房间门口。

"小光，"我朝着房门说，"你不觉得妈妈最近回家的时间特别晚吗？喂，快到傍晚六点了，肚子饿不饿啊……"

"不理我是吧？继续躲在里面不出声吧！可恶的弟弟！"我正在心中咒骂着他时，小光突然打开房门，站在我面前。真是好久不见的弟弟啊。

他的身材比我想象中的还要大两号，当然在我心里，他的身材永远只会比我小两号。

"你蹲在这里干什么？"小光低头看着我。

"这么晚了，妈妈还没回家。"我嘟囔着。

"她不是在加班吗？"他没好气地说。

"说不定是有外遇了。"我说。

"胡说。"小光随意地说完，走去打开客厅里的灯。暖黄色的灯光让屋里瞬间明亮起来，窗外，远处街上的点点灯光渐渐消退。

"你想想看，妈妈以前都是在家里染头发的，可是最近都去美容院了。还有，妈妈常说的'莎琪'说不定是个虚构人物，毕竟没人见过她。而且'莎琪'这个名字就很奇怪啊。"

"你是闲得无聊了。"小光从柜子里拿出一包薯片，坐到沙发上吃起来，边吃边说，"姐姐你才是，别管那些无聊的事情了。最近你是不是和'小猴子'吵架了？你们赶紧和好吧。看你最近都那么早回家，大家都猜测你和'小猴子'之间产生了矛盾，都在说你们存在分手危机。"

他口中的"大家"指的是他和爸爸妈妈，除了我以外的家庭成员都管森崎叫"小猴子"。小光拿起电视遥控器，不停地换频道。眼前这个一边吃薯片，一边粗声粗气地说话的小光，比我想象中的还要活泼两成。换句话说，当小光关上房门躲起来的时候，他在我心中的形象比现在多了两成颓废。可是当他和我面对面时，实际上他只是个正常的处于十四岁变声期的男孩儿。难道是我暗自希望他会变得怪里怪气的？意识到这一点的我感到一阵毛骨悚然。

"唉，都是些无聊的节目。"小光拿着薯片，又回到房间。过了一会儿，传来了粗鲁的关门声。

工作日的"探索购物中心"里出乎意料地依旧人头攒动。在流行商品区，到处是带着小孩子的家庭主妇。有许多女孩儿没穿校服，却能被一眼看出是逃课出来的学生。还有不少看不出年龄和职业的人在里面闲逛。我站在少女服装店橱窗前挂满小饰品的小摊旁，有人和我搭讪。现在出现在我面前的男人，是当我在 CD 店试听 Blink-182[①] 的唱片时跟我搭话的第三个男人。我点了一份麦当劳的巨无霸套餐，男人点了一杯咖啡，安静地喝着。

第三个和我搭讪的男人看起来是最正常的。第一个是个眼神躲闪的退休男人；第二个是个皮肤白皙、头顶微秃的长发男人；第三个看起来有些古怪，却没有危险感。他握住咖啡杯把手和香烟的手指颤抖得厉害，头发不至于紧贴头皮，身材也没有很肥胖，我总觉得他像只吉娃娃犬。他的年龄像介于二十五岁到三十一岁之间，似乎从未交往过女朋友。

因为不想被认为是个贪婪的女高中生，所以我选择了便宜的麦当劳套餐。那个主动和我搭讪、长得像吉娃娃的男人，默默地跟在我身后结账。

麦当劳里到处都有跑动的小孩子和热火朝天地聊天儿的妈妈们。我坐在角落的座位上，对面是一个长得像吉娃娃的陌生男人。我一边吃着炸薯条，一边想着

---

① 诞生于美国加利福尼亚州的摇滚乐队，擅长流行朋克。

今天会发生的事，比如妈妈正在斜对面的面馆里打工，或者是即便我不在，学校里依旧在按照课表正常授课。

今天我原本就不打算去学校，又产生了跟踪妈妈一天的想法。今天是我十六岁生日的当天，当初的计划是今天和森崎再去一趟"野猴旅馆"，如果可以的话最好能在房间里举办只有我们两人参加的生日派对。但森崎最近故意不理睬我，在没有女性朋友和男朋友陪伴的生日里，我完全没有愉快地去上学的心情。

特意逃课却只开展跟踪妈妈这一行动，我的世界也过于贫乏无趣了吧。

昨晚妈妈刷新了最晚归家的"纪录"。因为妈妈迟迟没回家，我们三个人实在是饿得饥肠辘辘，只好点了比萨外卖。我能确定妈妈是遇上麻烦了。在莎琪这个虚构人物背后，一定隐藏着秘密。

于是，今天我像往常一样在早上七点出门，没去学校，就在小区里面转悠打发时间，直到九点半妈妈出门，我就偷偷跟在她身后。妈妈乘坐的公交车是去往"探索购物中心"方向的，而不是乌冬面馆的方向。

我坐上同方向的下一班公交车，却远远落后一段距离。不过，最后我在购物中心里发现了妈妈的身影。妈妈在四楼一家新开的名为"彻底魅力"的店里与老板娘交谈了好一会儿，买好某种商品后，一路左看看右瞧瞧地来到一楼大门旁的花店。妈妈买了一束搭配好的花，踏着轻快愉悦的脚步走进一家意大利餐厅。服务员指向靠里的座位，妈妈摇了摇头表示拒绝，带着主妇独有的强势在窗边的座位坐下。此时时间来到上午十点十五分。

妈妈完全没有会被人跟踪的顾虑，也不担心会被认识的人看见，她就这么轻松又不设防地独自活动。我猜想，所谓坦诚相待的家规可能只是一种障眼法。我们家中每个人的行动，或者说我们生活于世上，本身就充满了各种无法说出口的秘密。为了掩饰这些秘密，才制定了坦诚相待的家规。在家规的"保护"下，家人相互之间就不会怀疑对方的真诚。

"学……学校呢……"对面的男人突然开口。

我抬头看向他，只见银灰色的烟灰缸中有几根烟蒂，大号可乐杯中的冰块儿已经融化了。我等待对方继续说，过了好一会儿，他却没再开口，我才反应过来他是在问我学校的事情。

"我很久没去上学了，在学校里只会被欺负。"

这是谎话。森崎的无视并不是在欺负我，我的确没有亲密的女性朋友，可我的鞋子和体操服也没被人藏起来或烧掉过。我们学校主要以升学为教学目标，不过校规宽松，同学们又行动自由，没有出现校园欺凌的现象。

"我早就习惯了，可是习惯了不代表要上赶着被欺负。"我继续乱编。

男人估计是希望听到类似这样的话。不出所料，原本盯着我胸口的男人眯起眼睛，又松了口气似的频频点头。

面对这副模样的男人，我不禁坏心眼儿地问："你是做什么工作的？"

"我在镇上的出版社工作。今天原本是去附近的作者家里拿原稿的，哈哈。不过他写得实在太慢了，我又不想空着手回去，就在这附近消磨时间，等合适的时候再找他，哈哈。"

我原想着他会口吃，没想到他倒是把一番话流利地说了出来，连中间夹杂的笑声都很顺畅。

小孩子们在麦当劳的地板上爬来爬去，有个稍大一点儿的孩子突然哭起来，妈妈们丝毫不为所动，视若无睹地继续聊天儿。对面的男人也没有什么大的反应，只是转了转眼珠，看着店里的情形，发出"啧啧"的轻蔑声。

购物中心内部的装潢风格是仿希腊式的，过道上竖着几根并不实用的圆柱。我躲在一根圆柱后面，盯着意大利餐厅中的妈妈。女服务员把水杯和餐牌放到妈妈的桌子上。究竟会有怎样的男人出现在妈妈对面放有水杯的座位上？或许是个和爸爸完全不一样的壮硕的男人吧。又或许是个脸庞轮廓深邃、牙齿洁白，用美黑油把身体晒成小麦色的英俊男人吧。

时间来到十一点多，坐在妈妈对面的既不是壮硕的男人，也不是有着英俊面容的男人。不管怎么从外貌上观察，对方都只能是个女孩儿，而且大概就是那个名叫莎琪的女孩儿。莎琪就像妈妈描述的那样，拥有一头蓬松的接近金色的头发，描着浓郁的异国妓女般的眼线，可是缺了门牙的笑容又让她看起来像个上幼儿园的孩子。和我想象的差不多，她穿着超短裙和白色泡泡袜，脸上的点点雀斑让她看起来像还不到十九岁的样子。

女服务员在她们的桌上放下咖啡后便离开了。妈妈马上拿出刚才买的礼物和花束交给莎琪，莎琪惊喜的声音传到过道上："真的吗？……送给我的吗？真的可以吗？'懦弱子'，是真的吗？"莎琪打开包装，开心得哭了起来。

和莎琪在餐厅门外道别后，妈妈走向"凯旋进行曲蛋糕店"。哪怕不透过玻璃橱窗望到店里的情况，我也知道妈妈买了什么。结完账后，妈妈双手抱着蛋糕盒子走出来。根本不需要动脑子猜想，我也知道盒子里蛋糕的模样——裹满鲜奶油的巧克力香蕉蛋糕，上面还用巧克力奶油写了"美娜生日快乐"的字样。也会有足足十六根蜡烛，放在一起捆成束。买这家店的蛋糕是我早就指定的。

妈妈小心翼翼地抱着大大的蛋糕盒子，乘上开往乌冬面馆方向的公交车。目送妈妈离开的我觉得脚步轻飘飘的，似乎踩不到大地。随后我返回购物中心，乘电梯来到楼下，按顺序一路逛遍各色专柜。我宁可看到一个小麦色皮肤的英俊男子出现在妈妈面前。我坐在热门的运动骑马机上，忽然觉得一夜情那种轻浮的事情发生在我身上或许才更真实。

"你……你的家呢？"男人问我。

我吸了一口被融化的冰块儿稀释了的可乐，原本迷离的视线重新聚到男人身上。男人却直直地盯着远方，像在和我背后的魂灵说话一样。因为对方没有把话说完整，所以我只好把他的意思理解成是在问我不回家的原因。

"就在近期，妈妈偷偷把男朋友带到家里来，我无法在家中待下去了。毕竟我这个年纪对这些事情非常敏感。"我一边胡说，一边对自己狭窄的生活圈和贫乏的想象力感到一阵厌恶。

男人再次点点头。妈妈的名字明明是绘里子，莎琪口中的"懦弱子"指的是妈妈吗？不是的话又是谁？妈妈除了一个模糊的绰号外，就没有别的不能暴露在日光灯下的秘密了吗？

"今天是我的生日呢。"我说。

"什么？！"男人惊讶得从椅子上跳了起来，"啊……是……是这样……吗？你……想要什么……什么礼物？"

"想要什么？"我喃喃自问。我想要的是什么？我知道妈妈买了戒指或者耳环，爸爸买了吉田的背包，虽然没问小光要，但我猜他会送我一盘 Play Station 2[①] 的冒险游戏光碟。可是这些都不是我心中真正想要的。

"我不想要礼物，只想去一个地方。你跟我来吧。"我说。

"是……是……哪里啊？"男人追问。

我说完就起身离开满是二手烟又闹哄哄的麦当

---

① 索尼公司旗下的家庭游戏机。

劳[①]。男人匆忙跟过来，但站起来时却不慎打翻了桌上盛满了烟蒂的烟灰缸。虽然就这样不管不顾地走掉也完全没关系，可是男人还是用手将散落在桌上的烟蒂扫到一处，还弯腰把地上的烟蒂逐个捡了起来。我们的座位在没人注意的角落，所以本应过来清理的店员没看到这处的狼藉。眼看男人这副独自清理烟蒂又无人注意的模样，我产生了一种错觉，仿佛我正在翻阅一本记录了这个男人的成长的人生相册。

下午三点的"野猴旅馆"基本是空房状态。不管是在走进旅馆还是走进506号房间时，长得像吉娃娃的男人都是一副神情恍惚又焦躁不安的样子。我真搞不懂他今天和我搭讪的目的是什么，难道真的只是想找人喝咖啡聊天儿？不过既然他能和我进旅馆，我又何必想那么多呢？打开506号房间的门，进入视野的依旧是熟悉的格纹，我的内心顿时涌上来一阵安心感。

---

① 从2014年开始，日本麦当劳在全部门店实施禁烟措施。该书日文原作出版时间较早，为尊重原作内容，保留了有顾客在麦当劳内吸烟的部分情节，特此说明。编者注。

身穿外套的男人站在房间里东张西望。趁他没留意我，我冲到茶几旁，打开抽屉，上次我放进去的小泰迪熊安静地躺在黑暗狭小的抽屉里。

房间中忽然传来女人的呻吟声，我回头看见长得像吉娃娃的男人坐在沙发上，双手插进大衣口袋，眼睛盯着电视，屏幕上正在播放成人影片。我放回小泰迪熊，关上抽屉后来到男人身旁坐下。下一秒，男人紧张得身体僵硬，微微发抖，却依旧沉默不语，视线停留在电视画面上。我真的不知道与长得像吉娃娃的陌生男人一起坐在有着格纹沙发、马蒂斯的仿制画和抽屉里有泰迪熊的房间中看成人影片，和在能看到窗外远方朦胧的山脊线的客厅里，与家人一起坐在沙发上看电视，两者之间究竟有什么区别。不知为何，我总觉得无论是哪个场景，都仿佛与我隔了一层薄纱般缺乏真实感。

男人猝不及防地用极快的速度将我从沙发上紧紧抱起来，然后推倒在床上。出乎我的意料，他力气极大。

"你真可怜……"男人嘴里念叨着。

其实我并不清楚在十六年又十个月前，我情欲升腾的父母是在"野猴旅馆"的哪个房间中赤身相拥的。不过我暗自认定就是现在我在的这个房间。这个房间是我能否获得机会降临于世上的分界点。父母的结合让我的存在得以实现，所以今天才有已活在世上十六年之久的我。

男人不断喃喃道："真可怜，真可怜……"说着说着却突然哭了起来。他的眼泪蹭到了我的脖子和脸上。我期待能够与男人结合。如果不使用安全套的话，或许这个房间又会成为繁衍下一代孩子的场所。而这样生下的孩子，或许最终也将在这个"野猴旅馆"失去处子之身。我衷心地认为，如果今天过后真的怀上了孩子，或许我就能够拉下那层整日覆盖在眼前的薄纱了。虽然此时此刻的状况难以捉摸，但我坚信一旦生育了孩子，周遭的一切定会变得充满真实感。如同我和森崎说过的那样，说不定成为一家人是非常容易的。忽然，我又迷惑起来，这究竟是我的想法，还是十六年又十个月前那天妈妈的想法呢？

让我意外的是，眼前的男人停下了动作。他甚至连外套也不曾脱下，只是用手轻抚了我的身体，然后突然一个人跑进了浴室。完全想不到去了两趟情人旅馆的我，到最后竟然还是处子之身！

男人在玻璃浴室里冲澡时，我取下墙上的挂画，打开画框，抽出马蒂斯的仿制画，再将空白的画框挂回去。纵然只有抽屉里的小泰迪熊和空白挂画这两处小小的改变，却似乎足以让我对这个房间产生比自己家更浓厚的亲切感。

取下马蒂斯的仿制画后，我将它揉成一团扔进垃圾桶。男人一直待在浴室里没出来，于是我用房间里的电话点了餐。我要了白汁鲜虾焗饭、生金枪鱼沙拉和锅贴，最后又给男人点了一瓶啤酒。

在浴室里待了一段时间后，男人披上外套走出来，外表看起来并无变化，连头发都已吹干并妥帖地梳整齐。服务员将餐食送进房间时，不知为何，男人故意躲到了浴室里。服务员离开后，他才匆匆走出来，坐下来默默地喝啤酒，开始动筷子夹起茶几上的食物。

男人坚持一言不发，我也只好跟着沉默地吃饭。

每当我想起如今平平无奇、让自己感到无比厌恶的日常生活，都会对这种贫乏无趣感到畏惧胆怯，可是这种感觉是如此生动鲜明，仿佛伸手就能触摸得到。

现在是下午四点半，妈妈快要回家做我的生日晚餐了。晚餐会有寿司、猪肉卷和通心粉沙拉。菜虽然不搭配，但全是我喜欢的。爸爸估计也会提早回家吧。小光定会一边用粗哑的声音抱怨着，一边把写有"美娜生日快乐"字样的卡片贴到墙上，还会帮忙把饼干摆放在桌上。这些情景在我脑海中如同遥远的异国童话般逐一浮现。此刻，身旁的男人依旧在安静地吃饭。

用完餐，我走到窗边，拉开格纹窗帘。一时间，我错以为眼前被故意涂黑的窗户是玻璃帷幕，实际上不过是普通窗户。推开窗户时，陈旧的轨道发出"吱吱"的声响。窗外的景色让我不禁感叹，眼前的风景与从我家厕所窗户看到的风景分明是一模一样的！广阔平坦的枯黄色田地，远方横亘的铁路将天地连接到一处。如舞台涂鸦般的铁路笔直延伸，像一道拉链，而行驶在铁路上的红白相间的电车，则像逐渐拉开了拉链般轻快地远去了。

　　我像懵懂孩童般睁大眼睛，极目远眺，期待能看到"拉链"铁路另一侧有自己未曾见过的风景。电车驶过，风景依旧。

阿Q回力车

"唉，真想逃走。"听说女儿的男朋友爱把这句话挂在嘴边，自从知道这件事后，我发现自己也经常嘟囔同样的话。

此时，站在镜子前的我，依旧嘟囔着："唉，真想逃走。"可就算嘴上吐出这句话了，实际上也无处可逃。

我在厕所里躲了一段时间，最终只能慢吞吞、不情不愿地回到座位上。即使是周六，下午四点的印度餐厅里客人也极少，只有坐在里头圆桌旁的一群妇女和坐在门口附近位置上的我们。我笑了笑，在饭冢对面的座位上坐下，可她脸上不见一丝笑意。

"人要有知耻之心，才能称得上是人。"饭冢似乎打算继续说下去。

我拿起已经变温的啤酒喝了一口。

"我认为不会感到羞耻的人和其他动物毫无区别，不是吗？正因为有知耻之心，所以我们才会穿衣服遮挡身体，才不会在公共场所想做什么就做什么，不是吗？"她继续说道。

虽然现在已是黄昏时分，但店里依旧沐浴着金黄色的阳光。别在这种场合谈论什么男女感情了，我朝着饭冢使眼色。

"你这是什么眼神啊，怎么还撒娇？"误解了我的意思的饭冢侧过身去，点燃了一根香烟。我向路过的矮个子印度服务员要了啤酒。

饭冢吐出的烟雾又细又长，明明没有询问她，她却自顾自地说："我不需要。"说完又把香烟放进嘴里。

"我认为，大众所说的'知耻'是一种社会道德，或许是这个国家独有的。为什么不能在禁烟车厢中抽烟？为什么想要奢侈品但不能直接偷走？为什么明明对穿着短裙的年轻女孩儿产生了兴致，却不能伸手去摸？因为这些都是见不得光的事。"

刚才下单的啤酒送来时，满得快要溢出来了。印有"Maharaja"标签的啤酒，酒精浓度低，味道淡，多喝也不过瘾。就算三四瓶啤酒下肚，估计晚上回家也不会被闻到酒味儿。

女人们的谈笑声从里头那桌传来。黄昏的阳光中飘浮着尘埃。印度店员们躲在柜台后，一边分食点心，一边小声聊天。透过玻璃窗往外看去，几个高中生正朝着车站走去。每次看到女儿穿着学生制服，我都不禁心想："女孩儿们的裙子那么短，同班的男生见到这模样，不会压抑不住冲动而勃起吗？"

"所以没有知耻之心的人，简直是无药可救的浑蛋！"想必是发现我心不在焉，饭冢提高了音量。

我呆滞地看着她。在我跳槽到现在的公司时，饭冢曾说过类似抱怨的话。她好像说从水晶和月光石等矿石，到占星术用具、塔罗牌等占卜用品，还有芳香精油、营养保健品、有机蔬菜和杂货，等等，我们公司竟然毫无计划地销售乱七八糟的产品，真是怪异又可疑。但我搞不明白，这些被称为"新时代商品"，又具有保健或开运功能的产品，为什么在她口中却是怪异的东西？

现在手上这份无聊的仓管员的工作，是我大一参加社团时认识的名叫仲手川的朋友介绍的。仲手川是个正经人。记得饭冢在那时候曾指责我没有知耻之心，不对，应该是说我没有自尊心和上进心。总而言之，饭冢对我换工作这件事并不满意。她好像也曾埋怨过我缺乏毅力和耐心，但我记不清她是在什么情形下和我说这些的了。是我当仓管员的时候，还是我在家庭教师工会的时候，抑或是我和朋友一起创办有限公司的时候？我现在能搞清楚的，是饭冢并不是对我的工作本身感到愤愤不平。

"老实说，像你们这种脑袋空空又不知羞耻的人，别人拿你们也没有办法。"饭冢把话一股脑儿说完，突然扭过头，鼻翼耸动，眼里泛起泪光，但是没有一滴泪珠滴落下来。我联想起某个电视节目中的女演员，她接受采访时说只要努力练习，就能眼泛泪光而不流泪，这是一种技巧。而这又算什么技巧？是表演的技巧，还是让男人拜倒在其石榴裙下的技巧？

"这个给你。"饭冢将香烟按灭在烟灰缸中，左手从随身带的包里拿出一个小袋子。那是一个橙色的小袋子，里面的包装上系着银色丝带作装饰。

"这样啊……"我不知道该说些什么，只好挤出笑容来应付。

"虽然我心里又不满又生气，不过你的生日礼物还是要送给你。"饭冢说话间把头扭到一边，看向窗外。

对了，下周日的女儿节[①]那天是我的生日。

"虽然我心里又不满又生气，可是在我看来，庆祝生日是非常重要的事。"

我问饭冢可不可以现在拆开礼物，视线依旧落在窗外的饭冢点了点头。我小心翼翼地解开银色丝带，撕开包装纸，放在浅蓝色盒子里的是一块银质手表。饭冢纤细的手腕上戴着同款手表。

"记得我以前曾经说过，我家是完全不重视过生日

[①] 每年3月3日，是日本女孩儿的节日。

这种事的，可我不认同，因为那样是不对的。我不喜欢忘记别人的生日，也不会因为自己不开心就特意无视生日。"

我向她道谢后摘下手上的旧表，戴上她刚才送的银质手表。手表接触皮肤时带来一阵冰凉。我连番称赞她的贴心，同时又默默猜测手表的价格：一万日元左右？还是更贵？我猜不到。

饭冢凝视着窗外来来往往的路人，喃喃地说："我是有原则的人，所以就算憋了一肚子火，也不会改变自己的想法。"

糟了，我谎称今天加班，要晚回家，从家里出门的时候已经是中午了，本来预计晚饭前能够回家的。但是假如从现在开始计算，待在旅馆里的时间要三个小时，离开的时候差不多是晚上七点半，加上回家路上需要四十多分钟，那么最后到家估计要晚上九点了。

"就算你现在跟我道歉也没用，惹我生气后是要付出代价的，你知道的吧？"饭冢说完后，终于转过头来直视着我，然后扬起嘴角笑了。

唉，真想逃走。

我们认识已经有二十年了，真正交往的时间差不多有十七年。

我和饭冢是高三时的同班同学，我们曾经交往过短短几个月。但是，我们真正意义上的交往是从十七年前开始的。我之所以会把时间记得这么清楚，是因为我的女儿美娜刚满十六岁，也就是说妻子怀孕是促使我和饭冢再次开始交往的契机。

并不是因为妻子怀孕而无法满足我的欲望，我才做出回头找前女友这种老土的行为的。不过，硬要说这种行为非常老土，也不是不行。

事情的开端是绘里子意外怀孕给我的生活带来了翻天覆地的变化。她之前向女儿形容的只不过是不良分子的奇妙恋爱故事之类的，根本是谎言，实际上是绘里子为一个在外打工的单纯的大学生设下的圈套。最后，在一片"兵荒马乱"中，我被人推着走，确定了胎儿的预产期、两人的结婚日、大学休学、购新房、每个月偿还的房贷、搬家等大事。如此重要的人生变动在短时间内接二连三地迅速完成，却单单只有我的工作迟迟没有定下来。尽管当时还处于泡沫经济的顶峰时期，可是对于一个中途退学，又即将有孩子的二十岁的毛头小伙儿来说，找到一份稳定的工作也不是件容易的事。我的父母曾答应在我找到工作前会资助我们，他们甚至愿意帮我支付学费，以便我能上完大学。可是绘里子的母亲极力反对，指责我不能负担起养育孩子的责任，还哭诉怎么能把女儿交给一个毫无出息的无业的穷光蛋。最后，她竟然把早就逝去的丈夫的遗照搬出来，哭闹着说怎么能够让自己心爱的女儿挺着大肚子出门工作。我实在是没办法了，为了面子，只好急急忙忙地出来找工作。

无奈之下，我翻阅初中、高中和大学的通讯录，厚着脸皮按照上面的号码一个个打过去，拜托别人帮忙给我介绍工作。那时候帮我找到工作的正是饭冢。那份工作很普通，和打工差不多，岗位是保安公司的普通小职员。

直到多年后的今天，我还常常幻想着，如果那时候绘里子没有意外怀孕，那么我就能够顺利完成大学的全部课业，按部就班地找份好工作，或许就不会像这样频繁地换工作，就能够有一份稳定的好工作了。那样说不定我早就当上小主管了，也能赚不少钱，足以有余钱孝敬父母，也不至于现在这个年纪了还要依靠父母接济。这些"如果"在脑子里转多了，甚至让我产生了错觉，以为幻想中的生活是真实存在的。

如果那时候绘里子没有意外怀孕的话，我也不会和高中时的前女友重逢，即便我和她在街上相遇，估计也不会想起她的名字叫饭冢麻子吧。

"你看，我们戴的是情侣手表呢。"在情人旅馆中，仰面躺在铺有格纹床单的大床上的饭冢，举起左手在我眼前晃了晃。我早就留意到了，但还是配合地说："真的啊！"

我示意准备离开了。可是裸着身子的饭冢依旧紧拥着我，把脸埋入我的右侧胸膛，喃喃地说："我从来没说过我想要和你组成家庭，这本是个奢望，对不对？

也不曾在休息日里吵闹着要和你见面，也不曾无理取闹地缠着你要一起去旅行。只因为我从不在乎这些事情。唯独你不可以去找别的女人，绝对不可以。你明白我的意思吧？"

"我明白。"我说，"我明白你的意思。对不起，我真的觉得很抱歉。"

"明白就好，这样就可以了。"饭冢从我的右胸前把脸抬起来，注视着我，神情和刚才一样，那双眼睛里泛着泪光。

"我们该回去了。"我说。

本想着在车站等电车时用手机给小三奈打电话的，可是饭冢偏偏执着地要开车载我回家，我只好坐她的车到家附近，路上没机会打电话了。我家门前就有车站，可我还是要求饭冢提前两站停下，下车去了一趟便利店。即便没什么必须买的，我也依旧要进去店里。我想买几罐酒，发现店里有几个和我年纪差不多的男性顾客，也在和我一样无所事事地瞎逛。我买好三罐气泡酒后出来，正准备从大衣口袋里掏出手机给小三奈打电话，忽然抬头一看，饭冢的车子竟然还停在马路对面。天啊，这也太恐怖了吧！我吓得松开手，让手机落回口袋中，无奈地朝着家的方向走去。

从便利店走路回家要二十来分钟，沿途连小卖部和自动贩卖机都没有，只有亮起的路灯和零散的几个路人。路人中大部分是小区里的居民。小区里的居民像做规律运动般在小区和便利店之间来来回回，我当然也不例外。

现在的我脑子里想的是小三奈。今天也没法儿打电话联系她了。不过就算我一整天都不给她打电话，她也不会吵闹着发脾气，更不会像饭冢那样眼泛泪光地跟我讲道理。我最近开始觉得年轻真的很美好。怎么说呢，应该是年轻人涉世未深，缺乏经验，只会一把鼻涕一把泪地哭哭啼啼，没学会用准确的词语把心中的感情准确地说出来，更不会对人空谈大道理。但当他们随着年龄的增长，渐渐地学习、积累了许多经验后，就自然而然地懂得人情世故了。虽然这并不是坏事，可是当人在不合适的时候故意装老成，便会令人感到厌恶，就像饭冢那样。她念叨的"知耻之心"啊，"道德"啊，究竟是什么意思？前些日子，她还和我辩论"得到"和"获得"的区别，简直像个专门和人谈道理的机器人。

我一边东想西想，一边来到家门外的走廊上。虽然带着钥匙，但我还是按响了门铃。

"啊，孩子他爸啊，晚上不回家吃饭也提前说一声吧。四人份和三人份的饭菜看起来分量没差多少，实际区别大着呢。手上拿着的是什么？又买啤酒了？"一打开家门，绘里子嘴上便不停地说道。

"爸爸，我的礼物呢？不是说好了给我买新上市的烤巧克力吗？"身后传来美娜的高声抱怨，和绘里子的音调一模一样。

"啊……对不起，是我这个没用的爸爸的错。"我边说边关上家门，抬起头看向窗外的夜空，只见稀稀落落的几颗星星寂寞地闪烁着。此刻的我突然非常想念小三奈，真想见她啊。

躺在床上的绘里子手里拿着从图书馆借来的书，正翻阅着。她边看书边说："前几天我查了一下这个房子的房贷余额，你猜怎么着？竟然还有将近三千万日元！我说，这十五年来我们一点儿一点儿还的钱，说不定只是利息而已吧。你不觉得很奇怪吗？"

绘里子说话的时候依旧把头埋在书本中。

"这是真的吗？"我说完便钻进右侧的被褥中。忽然发现手上的新手表还没取下来，于是我取下手表，把它放在床头柜上。别说是新手表，就算是一把苏联制的托卡列夫手枪，绘里子也不会注意到。

事实也是如此。绘里子头也不抬，用舔湿的手指翻着书页，继续说："你听说过现在有一种带有护理人员的老年公寓吗？虽说有护理性质，但是住在那里的都是些身体利索的老人，只是公寓和老年人医院相邻。而且住老年公寓还需要缴纳一大笔保证金呢！至少要准备三百万日元，每个月还要额外付租金。真是太奇怪了，这种公寓明明建在山中的偏僻地方，收费却像在繁华的市中心那样高得离谱。"

"怎么了？是你妈妈身体不舒服吗？"我望着天花

板问。天花板上布满了浅褐色的污渍。我忽然想起今年我过生日那天也是我戒烟满七年的日子。

"小贵，今年的生日你想怎样庆祝？"绘里子继续把手指舔湿后翻阅书页，"我觉得在家做手握寿司就很不错，但是美娜想去外面的餐厅。原先开在'探索购物中心'里面的那家叫'家族亭'的难吃的荞麦面馆倒闭了，换成了一家很别致的寿司店。美娜说那家寿司店像寿司吧，很想去吃一次。怎么样，去不去外面的餐厅吃？我估摸要花三万日元。"

"去寿司店也很不错啊！三万日元由我付吧。"我说。

"我曾问小光有什么生日就餐建议，想吃什么，他只说'没想法''不知道'。小光这是到了叛逆期了吗？那真是没有叛逆期的那种气势呢。"

大概从五年前开始，我和绘里子就经常各说各话。我认为沟通交流应当是在身体和精神紧密结合的基础上发生的事。可是从五年前开始，绘里子就拒绝和我有肌肤之亲。我原本以为她总有一天会重新和我亲密起来，可这一等就是五年。因为两个人身体不再结合，所以交流也不再契合。虽然绘里子认为她仍然能与我交谈，但其实两人之间根本是沟通不良的状态。

"三万日元啊，还是很贵啊。没办法，我还是增加一些工作时间吧。"绘里子说。

"我不是说了由我付吗？"我说。

"啊，看书太久，眼睛有点儿酸胀了。赶紧睡觉好了。你帮我关灯吧。"绘里子说完便把书放在柜子上，钻进被窝里躺下了。

整个房间一下子变得寂静无声。我没关电灯，依旧直直地盯着天花板。我学着孩童那样，用童真的想象把天花板上的浅褐色污渍幻想成一个个小动物。不一会儿，沉稳的呼吸声从床铺的左侧传来。记得我们刚结婚时，我还嘲笑绘里子入睡速度如此之快，和漫画《哆啦A梦》里的大雄一模一样。

绘里子之所以从那时候开始拒绝和我再有肌肤之亲，是因为那次可笑的外遇。那次的外遇对象不是饭冢。对方的名字……五年前我在哪里工作……想起来了，对方叫小百合。小百合在藤野创设的藤野有限公司工作，那家公司表面上的主营业务是劳务派遣，实际上是给人随意安排不固定的工作。和小百合那次荒唐的外遇，竟然如一块巨石般横亘在我和绘里子之间。其实那次外遇根本就不是关系到原谅与否的问题，而且那些事早就被我丢到了九霄云外，忘得干干净净。只是无性婚姻从那之后一直持续了下去。

荒唐的外遇事件，就只有喝醉后的那么一回。小百合是藤野有限公司前台的接线员，二十几岁，每次喝酒后都会变得非常放得开。那晚我们相约喝完酒，在半推半就间就一起去了小百合的公寓。而且事情被人发现的原因也很可笑。我糊里糊涂地把那天晚上和小百合在一起的事情，告诉了一个自认为是小百合男朋友的年轻男人。盛怒之中的男人故意把这件事告诉了绘里子。

五年时间就这样过去了。在这五年里，我和绘里子之间不仅没有爱抚，连基本的亲吻也不再有了。她彻底拒绝了我。但是，绘里子没有发现我还有别的女人。不管是饭冢，还是其他曾短暂交往过的女人，绘里子全然没有察觉。由此可见绘里子是偏执到了一定的程度。如果是饭冢的话，只要察觉到八分的不对劲，便会阴阳怪气，夹枪带棒的。就像今天那样，我原以为不会暴露，其实差点儿就露馅儿了。我想来想去想了这么久，还是没搞清楚是哪个地方暴露了。

我拿起枕头旁的遥控器关了电灯。黑暗中绘里子细细的鼾声清晰可闻。不知何处传来如同水珠滴落般的说话声，是美娜在房间里打电话，还是楼上的住户打开了电视在观看呢？我无法确定这些声音的来处，不过确实有人在不停地说话。伴随着碎碎念般的声音，我沉入梦乡。

由于连续好几天没和小三奈见面了，也抽不出时间给她打电话，所以这天我特意提早一个小时出门上班，打算早点儿来到公司，给小三奈好好地写一封邮件。没想到，我在公交车站遇到了正准备去上学的美娜。站牌前的人排成长长的一队，排在中间的美娜朝我使劲挥手，让我插队站在她身后。

"你以前挺早就出门了，最近变晚了。"我说。今天的天气暖洋洋的，站牌对面的矮墙里开满了浓粉色的梅花。

"你分明清楚我晚出门的原因，还明知故问。"美娜敷衍地说完，低头啃起指甲。

是什么原因？我怎么明知故问了？完全搞不懂状况的我，表面上却模棱两可地笑了笑。

"上一次那家寿司店味道真不错。不过价格也真是不便宜，妈妈紧张得很。爸爸没看到吧，每次你下单啤酒的时候，妈妈的眉毛都会抖个不停呢。"美娜轻松地说着。

站在美娜前方的是一名身穿深灰色套装、看起来和我年纪差不多的女性上班族，而在我后面的是个像职业女性的中年女人。她们为了打发排队的无聊时间，偷偷地竖起耳朵听我们的对话。

"那家寿司店原来是家荞麦面馆，我和妈妈曾去过一次，一点儿都不好吃。但是我班上的木村花，就是上次爸爸说她父母年轻的时候像嬉皮士的那个女生，听说她竟然认为原来那家面馆的面很好吃！难不成她的味觉出问题了？"

美娜的身高已经差不多与我的肩膀齐平。她明明是用自己独特的声音和用词在说话，可是她说话的内容听起来却和绘里子的如出一辙。因为这样，所以每当只有我和美娜两人站在一起时，总有一种困惑浮现在脑海中，我常常搞不清面前的人究竟是谁。

美娜突然不说话了，摆弄着手里的书包肩带。下一秒，她抬起头来，盯着梅花，问我："爸爸，你爱妈妈吗？"

美娜惊人的问题让周围的空气仿佛凝固了。不管是站在前面的穿套装的女人，还是后面的中年职业女人，抑或是后面的一些刚步入老年的银发男人，甚至是更前面的年轻辣妹，大家都专心致志地竖起耳朵，好奇地听着我将会怎样回答。

"你怎么突然问这个？"我小声问美娜。

"妈妈最近有点儿不对劲啊，不至于很危险，可就是太奇怪了。最近家里有很多恶作剧电话，"美娜依旧凝视着前方，一股脑儿地说，"妈妈从前都会抱怨说恶作剧电话故意在吃饭的时候打过来，可真讨厌，但是这段时间那些电话都凑巧在妈妈刚下班到家时打来，她什么都没说，只是默默地握住听筒，接听无言电话。绝对有什么地方不对劲啊！"

我心中祈求美娜说话的声音再小一点儿，剩下的话不要再说了，但无言的压力用在她身上是行不通的。美娜继续说："上一次也是……算了，不说这个了。不过妈妈最近真的很奇怪，所以我才问你啊！如果一个人得不到足够的爱，那么说不定会做出些别的什么事情来。啊，爸爸，公交车到了。"

美娜的话音刚落，我们前后便有五个人同时看向公交车的方向，这证明了大家都在入神地听美娜说话。白色的公交车从蒙蒙的空气中驶来。

公交车在美娜的高中前停下来，有将近三分之一的乘客下了车。

"爸爸，有空的时候记得给妈妈买个礼物。拜拜！"美娜边大声和我说着，边走下公交车。穿着黑色西式外套和格纹迷你裙的高中女生，以及穿着灰色长裤的高中男生，像某种不明生物一样，成群结队地朝着一定的方向前进。转眼间，美娜就已经融入他们当中，看不清身影了。

"我爱绘里子吗？当然爱。"我心里嘀咕着。先是意外地怀了孩子，后来绘里子连亲吻都拒绝了，如果不爱她的话，我怎么还会在这里呢？大学辍学后拼了命地找工作，只要有稍微能看得上眼的工作，我就马上跳槽，还忍着羞耻接受父母的资助。即使我有外遇，也只是逢场作戏，天一亮就会回家。守着老旧小区里的破房子，过着朴素的生活。如果心中没有爱意，未来的日子还怎么度过？

等我回过神来时，公交车已经开动了。美娜和那些学生都远远落在后面，早就看不见了。

下午五点，刚下班的我走出办公楼，便吓得呆立在原地。饭冢的车停在办公楼对面，不知等了多久。没关系的，同款的白色本田思域小轿车满大街都是，我假装没认出来，想就这样走过，却有喇叭声响起。我转过头，只见饭冢从驾驶席一侧的窗口探出身子，正朝我挥手。

"怎么了？"我来到车窗旁，凑近问她。

"没什么。今天下班比较早，就过来看看。待会儿一起吃饭吧。"饭冢说。

在一家皮革公司上班的饭冢，早就在市中心租了房子。从高中毕业到现在，她一直在那家公司工作。她常说："虽然是朝九晚五又十分无聊的行政工作，可是胜在极少加班，十分稳定。"

她曾笑着解释说她口中的稳定并不是说经济上的稳定，而是说不会出现突发事件。那么应当在稳稳妥妥地上班的饭冢，为什么会在下午五点就早早出现在离上班地点足足三个小时车程的地方呢？

"十分抱歉，今晚不行呢。"今天中午我就与小三奈约好了晚上要见面。

饭冢没把我的话当一回事，径自打开副驾驶侧的车门，不耐烦地催促我："赶紧上车吧，要不然会妨碍到后面的车子。"像赞同她的话一般，后面的日产车响起了催促的喇叭声。

我无可奈何，只好坐进副驾驶座。我刚坐稳，饭冢就一脚油门，迅速驾车驶向前方。

"抱歉啊！今晚我真没空，早就和别人约好了。"我还想努力摆脱她。

饭冢往车子的音响中放进 Fishmans[①] 的 CD。她一边用一只手调整车载音乐的音量，一边说："今天很有春天的感觉呢！不过据说明天又会变冷。这么舒适的天气，我们先去露天咖啡店坐坐，然后再去意大利餐厅吃饭，怎么样？全部由我请客哦！"

"我真的和别人有约了。抱歉！"我重复着。我和小三奈说好了，今天下午六点，在离办公楼最近的车站前的圆形广场里的那家麦当劳见面。

"我后天十分空闲，但唯独今天真的不行。"

"你约了那个女孩儿见面？她叫什么来着？名字听

---

① 日本乐队，成立于 1987 年。

起来不太聪明……"饭冢面带微笑地说。

路况很好，车辆不多。道路两侧分布着数家连锁餐厅和快餐店，店铺招牌一一亮起灯。

"不是那个！我们上次早就结束了！！"我不耐烦地提高了音量。

原本平静地握着方向盘的饭冢，却在下一秒突然猛打方向盘左转并用力踩刹车。后车不停地按喇叭，没系安全带的我，头撞到车厢上方的扶手上，身体不由自主地往前摔。惊慌失措间，我看见前挡风玻璃窗前是铺着细沙的地面，才发现车子在鳗鱼餐厅的停车场中间停下了。我扭头看向饭冢的方向，正准备开口抱怨一顿她的冲动驾驶，却看见她趴在方向盘上，抖着肩膀哭泣。

"只是吃一顿饭！就一顿晚饭也不可以吗？难道你连和我吃一顿饭的时间都没有吗？太过分了，你太过分了！"饭冢说。

天空被染成了紫色。摆放在停车场入口处的鳗鱼餐厅的广告牌也亮了起来。

"我不明白你究竟在怀疑些什么，今晚真的只是工作上的应酬而已。上次不是曾跟你提到过，我们公司以后会开始卖 CD 吗？主要是卖国外的环保音乐，而且听说也要招揽新的音乐家并为他们举办巡回演出。今晚这次就是为了和对方搞好关系，才约出来一起喝酒吃饭的。我们公司下一步想要获得巡回演出门票的销售权，或者能够通过网上的渠道贩卖现场录音盘的限定特权。今天真的只是工作上的应酬而已。"我使出全部力气，把在办公室里听到的只言片语拼凑成一段话，但是饭冢依然低着头，趴在方向盘上呜咽着。

我看了看手表，心里默默盘算：现在是五点半，如果花一个小时吃饭，再花半小时坐出租车飞奔到车站前的圆形广场，那么大概晚上七点前就能赶到那里。

"如果只用一个小时吃饭的话，大概可以的。现在去市中心也来不及了，不如就在这附近吃吧。"我说。

"可以吗？"饭冢终于从方向盘上抬起头来。从她晕染开来的睫毛膏可以看出她真的哭了，因为有几道黑色的东西沾染在她的脸颊上。

"只有一个小时的时间……"我看着窗外说。

不久前还是紫色的天空，顷刻之间被深蓝色覆盖。

我们一走进中华料理店，就轮流匆匆赶去洗手间。饭冢是为了补妆，而我是要用手机给小三奈发短信。我在短信中和她说："今天公务商谈的时间拖延了，我可能会迟到，可是今天我无论如何都会和你见面的。"

不到一分钟时间，小三奈已经给我回复短信："嗯，没办法啦，那我一个人先去车站附近购物。不过要是我等你一个半小时，你还没来的话，我就提早回去了！你要带我去吃大餐！"

饭桌上，饭冢心情愉悦地把大虾、八宝菜和水饺吃了个遍。我为了待会儿能和小三奈一起吃大餐，尽量只夹菜放进饭碗，而不放进嘴里。一到六点，很多拖家带口的客人陆续走进店里用餐，门口的服务铃响个不停。服务员来回穿梭，小孩尖锐的哭闹声夹杂其中。饭冢像没听到店里烦人的喧闹声一样，始终笑眯眯地和我谈论工作上的事情、过女儿节的童年故事以及有关中华料理的趣事。我也同样笑眯眯地附和着，表面上

"咕嘟咕嘟"地灌下啤酒，却在桌底下偷偷看手表。

桌上大半的菜肴都落入饭冢的肚子中，餐盘里只剩下浑浊的汤汁。饭冢笑着说："时间也差不多了，你该走了吧？"

她刚才情绪激动得哭哭啼啼的，难道是因为肚子太饿了？饭冢性格安静且理智，也很懂得如何保护自己，从不让自己吃亏，更极少会无理取闹。要说美中不足的一点，就是当她极度饥饿或者疲倦时，经常会变得情绪激动，暴躁易怒。我早就见怪不怪了。

"对了，"我问正在找账单的饭冢，"你有没有往我家里打过电话？"

我只是随口一问，饭冢却睁大了眼睛，愤怒地瞪着我。瞬间我就知道说错话了，可已经无法收回。本已站起身的饭冢听见后，又缓缓地坐了回去，眼睛的焦点渐渐模糊，泪水充满眼眶。

"你这句话是什么意思？"她用沙哑的声音问我。

饭冢刚才在找的账单就挂在我的椅子背后。我装作没什么的样子，笑着把账单递给她。

"没有打电话就好。我只是有点儿在意最近的骚扰电话，碰到认识的人都会问一句。真抱歉啊！抱歉！"

饭冢却不为所动，坚持问："你这是什么意思？"她嘴唇颤抖着，大颗的泪珠从睁大的眼眶中不停地滑落出来。刚补好不久的黑色睫毛膏又被晕染开，数道黑色泪水痕迹再次出现在饭冢的脸颊上。

"真对不起！"我再次道歉。

"你竟然以为我会为了给你添麻烦而打电话到你家去吗？！"饭冢激动得满脸通红，用尽全身的力气愤怒地朝我质问着。这副模样的她，我未曾见过。店里逐渐变得安静，无论是拖家带口的客人，还是忙碌的服务员，全都停下动作看着我们。我不需要回头便知道存在着让我如芒在背的道道目光。

"十……十……十七年了！我和你在一起十七年了！这么多年来，无论是讨厌的、愚蠢的，抑或是愤怒的事，我全都忍下来了！所以如今的我怎么可能会往你家打骚扰电话？！"

我伸出双手按住饭冢的肩膀，安抚她："我早就明白你的为人。 对不起，我没有责怪你的意思。 因为最近家里在安装 ADSL[①] 什么的，电话有点儿串线了，就问问大家有没有打电话来。 我没说是你打骚扰电话呀，你误会了。"

一整天下来，不知道周围有多少人看见了我的几次窘况，也不知道有多少句可笑的对话被人听见，更不知道有多少人在暗地里猜测我的人生故事。 算了，这些都不重要。 现在几点了？不行，如果我现在看手表的话会让事情变得更糟糕。 我眼睛直视着饭冢，却偷偷地用余光寻找墙上的时钟。 饭冢右肩那侧远处的墙上，也就是门口位置，似乎挂着时钟。 不知道饭冢还会不会继续大喊大叫。

"对不起。"下一秒，饭冢轻声道歉。 她拿出手帕，轻轻擦拭脸上的痕迹。 趁她注意力分散时，我以最快的速度移动视线，偷瞄了一眼时钟上的时间。 六点三十五分了，完了。

---

① 运行在原有普通电话线上的一种高速宽带技术。

"我最近不知道怎么回事，常常为了点儿芝麻绿豆的小事而变得情绪激动，无法收拾。我控制不了自己，也没想到会变成这样。不过你知道原因吗？"饭冢像个孩子一般自言自语地嘟囔着，眼泪混合着黑色睫毛膏，扑簌簌地不停流下来。

店里恢复了喧闹的状态。那些带了家人的客人，一边偷偷地观察着我们，一边装作若无其事的样子继续用餐。

渐渐地，十五年前、七年前和一年前的饭冢的身影与眼前这个女人的身影重叠在一起。有时候她会露出微笑，有时候她分明想抬眼瞪我，却忍不住又笑起来。她依旧是那个冷静又温和的饭冢。

"事到如今，我不会要求你做出什么承诺。我没有想要一个人独占你，现在也不会想要和你结婚。这些都是真心话。但是我有时候会忍受不了想见你却无法见面，想和你在一起却无法来到你身边的痛苦。这些以前在我看来是微不足道的事情，但最近却让我无法再忍受了，简直快要疯掉了！"饭冢低下头继续说。

不知道怎样回应她的我，只能无奈地饮下半杯早已变温的啤酒。窗外的天色已经黯黑了，对面店铺的紫色霓虹灯招牌在夜色中闪烁着。饭冢，我真搞不明白你为什么会变成这样啊！

"对不起，妨碍你等会儿的工作应酬了。现在离开应该来得及吧？"饭冢抬起头朝我微微一笑。脸颊上的几道黑色污渍让她看起来像个腹语人偶。

唉，真想逃走啊！现在、马上、立刻就逃走!

工作日的动物园里空荡荡的。一看见企鹅馆的牌子，小三奈便兴奋地跑过去。落在后面的我，盯着她的背影，慢慢地跟了上去。有小学生来这里举办远足活动，戴着黄色帽子的孩子整齐地排成一列，从我身旁经过。小三奈的身影在队列的另一侧摆动，她那轻盈的白色蓬蓬裙和米色夹克渐渐与我拉开距离。突然，她回过头卖力地朝我挥舞手臂。

小三奈来到企鹅馆的栅栏外，站在原地认真地观察着企鹅。大概十只企鹅站成一排，整齐划一地仰望着天空。天空晴朗高远，万里无云。

"还有五分钟就到企鹅的喂食时间了。"我一边看着告示栏，一边和小三奈说话。可是她的注意力一直集中在企鹅身上。已经二十六岁的她，从外表看像不会变老一般。我第一次见到小三奈时，她有着一头染成橙色的及腰长发，我还误以为她是利用假期来公司打工的十几岁的学生。但是后来，我惊讶地发现她竟然能够熟练地处理各种工作。小三奈在一家承接我们公司计算机程序外包业务的设计公司工作，所以她每个月都会来我们公司更新和修改网页内容。我和小三奈之间的事情在公司里当然是一个无人知晓的秘密。小三奈明知道这种关系，却常常故意在仲手川面前装作无意地说："京桥先生像不像个伪装成正常人的好色之徒？如果我有结婚对象的话，对方绝对不能是京桥先生这样的人。"有时候还会边说边朝我使眼色。

饲养员把细长的饲料鱼抛向空中，底下的企鹅拼命抢食。抛出来的鱼儿们在湛蓝的天空下画出银色的抛物线，一阵阵的鱼腥味扑鼻而来。隔壁栅栏里，紧趴在岩石缝隙间的海狮用热切的目光盯着饲养员投喂给企鹅的饲料鱼。

"看久了，我的肚子也跟着饿起来了。我想吃炒面。"不一会儿，小三奈看腻了企鹅进食，回头对我说。

"我们去小卖部吧，要稍微往回走一些。"话音落下的小三奈露出像花朵绽放般的甜美笑容。她伸手与我十指相握，一起走出企鹅馆。这时候我闻到如蜜糖般的甜香味。

黑猩猩馆的栅栏前有家小卖部，门外摆放着桌子和椅子。已有几组举家出行的游客坐在那里安静地用餐。在小三奈进小卖部里买东西时，我有意无意地开始观察这些家庭：躺在婴儿车里的小婴儿，还有一对染着金发的看似不良分子的年轻夫妻。大概四岁的小孩子一直重复问："为什么小熊猫的便便不臭呢？为什么？为什么吃草的动物的便便不会臭呢？……"话说最近看见的父亲们都很年轻啊！无论是头戴编织帽的，还是身穿针织衫的男人，看着年纪和我儿子相差不多。我仿佛看到小光本人带着孩子在散步，心中充满了困惑。

小三奈捧着托盘向我走来，托盘上有炒面、章鱼烧、烤饭团和炸薯条，还有装在纸杯里的生啤酒。

"多少钱？"我问她。

"不用啦，我请客哦！"小三奈把纸杯放到嘴边，仰头大口大口地喝啤酒。

"小三奈，我真羡慕你。"我情不自禁地说。

"羡慕我？什么意思呀？"小三奈停下喝酒的动作看着我，上嘴唇上沾着白色的泡沫。

"怎么说呢，从你身上我能感受到你的从容不迫，真好啊。"我说。

"什么意思呀？我完全听不懂呢。"小三奈转动着睁大的眼珠，开始吃炒面，"这炒面的味道真让人怀念啊！像庙会上的炒面的味道。小贵，你也尝尝看。"

突然传来一声女性的尖叫，我不禁扭头看过去。那桌上的纸杯倒了，冰块儿和果汁洒得到处都是，脏水从桌子边缘滴落下来。刚才发出尖叫声的母亲现在正激动地训斥着孩子，父亲则在一旁默默地收拾桌子。孩子站在原地，抬头看着愤怒不已的母亲，咬紧了牙关。有好几个和我一样扭过头去看的人，都用一副"何必这么大惊小怪，太小题大做了吧"的眼神看着那位母亲。深深地感受到周围目光中的含义的母亲，却一个人下不来台，反倒提高音量，连几个小时前孩子犯的错也拿出来，搅在一起责骂孩子。孩子一直抬头看着母亲，他那小小的耳垂变成了红色，却没有流出一滴泪水。可怜的孩子用尽全身的力气忍耐着。

"今天真暖和呀！啤酒真好喝！"当周围的人被怒火中烧的母亲吸引注意力时，小三奈却丝毫没在意过这些，依旧泰然自若地把薯条放入口中。

吃完饭，小三奈提出想去昆虫馆看看，我们便慢慢地朝那里走。昆虫馆的入口在来时的路上，我们经过了马来貘的笼子。这时，突然有一种似曾相识的感觉涌上我的心头。没有一片云朵的蓝天，来来往往的游人和婴儿车，马来貘的笼子，还有五彩斑斓的鹦鹉笼和里面高声鸣叫的鹦鹉，以及入口处浅蓝色的铁栅栏。

"你怎么了？"小三奈发现我停下了脚步，回过头来问我。

"啊，我吓了一跳，还以为是自己想太多了，原来我真的来过这里啊！"我说。

"什么？你连这些都忘记了？这种事情应该忘不掉才对呀。"小三奈事不关己地说完，然后拉起我的手，径直走向昆虫馆。

几乎忘得一干二净。实际上，我忘记了生活中的许多事情。从女朋友突然怀孕，到我们俩结婚、孩子出生之后我所经历的种种事情，大都记不太清了。所以我是什么时候来动物园的，为什么会来，当时吃了什么，乘坐什么交通工具过来的，这一切我刚刚全都想不起来了。

然而，漫步在动物园里的记忆，此刻像一幅油画般烙印在我的脑海里。仿佛我再次来到这里，站在同一个地方和同一个角度，这幅画的故事在我的脑海里苏醒：那天天气阴沉寒冷，动物园里游客非常少，好像只有我们四个人走在路上。美娜和小光年纪都还很小，美娜穿了件粉色的外套，小光穿的是水蓝色的外套，两个人走在我们前面，相互打闹着。美娜一站起来，小光就蹲下，当美娜蹲下来了，小光又站起来。他们两个一直用这种奇怪的玩法往前走。我实在无法理解其中的乐趣在哪儿，反正他们一路上就这样相互打闹，蹦蹦跳跳，孩子特有的清澈欢乐的笑声响彻在我们身旁。突然，小光摔倒了，绘里子忍不住大声呵斥："好好走路，不要打闹了！"美娜和小光牵起手，用漫画般的搞笑表情回头看向我们，好像在说："糟糕。"不过过了一会儿，他们又开始站起蹲下，玩闹起来。

我跟在他们身后数十米的地方，看着眼前完美温馨的画面，忽然眼里泛出泪光。头顶灰蒙蒙的天空，穿粉色外套的美娜和穿水蓝色外套的小光，马来貘的笼子和成群的鹦鹉们，还有回荡在其中的孩子的笑声，一切都如此完美。

当我意识到如果自己不在其中的话，记忆中的完美景象将无法获得时，我渐渐双脚发软，站不稳了。以前我有过类似的感受吗？这种感受似曾相识。我记得小学三年级获得水彩画比赛金奖时的感受，在高中美术部画的画得到了极高评价时的感受，还有从高中才开始学习弹吉他，本来水平一般般，却在文化节的现场表演上弹奏得近乎完美，让我非常兴奋。可是这些曾经的感受与此刻浮现在脑海里的画面相比，简直不值一提。

阴沉的天空下，一会儿站起来，一会儿蹲下来的小女孩儿和小男孩儿，他们不停地笑着，闹着，蹦跳着。与脑海里这完美无瑕的画面相比，我从前的经历是多么渺小，多么无趣啊！

对了，那段时间小光的身体不好，绘里子的心情也跟着变得糟糕起来。绘里子认为不应该在天气不好的时候带小光出门，那一天从早上开始，她连正眼都没看我一眼。绘里子一副不高兴的表情，穿着一件起了毛球的黑色大衣，而我穿的是十几岁时父亲送我的老旧厚呢子大衣。两个人看起来土里土气又邋里邋遢的，穷酸、渺小又可怜。可是眼前的景象是只有我们才能创造出来的。如果没有我们，穿粉色外套的女孩儿，穿水蓝色外套的男孩儿，马来貘，还有这一幕完美的画面，都将不复存在。真是太棒了啊，不是吗？

"你看看，这里有只毛毛虫！啊，太可怕了，不过，快看看！它正在吃叶子呢！"小三奈抓住我的袖口，凑近昆虫展示箱，激动地说。几条手指般粗细的带有白点的绿色虫子正静静地趴在树叶上。

"小贵，那边有养着蝴蝶的温室，我们一起去看看吧。"小三奈又拉起我的手，小跑着奔向温室。推开玻璃门，一股温暖湿润的空气扑面而来，一只白底黑纹的蝴蝶从我的眼前飞过。这里是人造的南国乐园，遍地开满扶桑、九重葛、郁金香，还有许多我连名字都叫不出的紫色和黄色的花朵，绿叶繁茂，无数蝴蝶在其间翩翩起舞。温室中央有一条小溪安静地流过。我们所在的入口是温室的最高处，可以将眼前色彩斑斓的美景一览无余。

"哇，太棒了！"小三奈一边情不自禁地赞叹着，一边慢慢地从花木葱茂的斜坡上走下来。

仔细观察那些盘曲的细细的绿枝条，会发现有茶褐色的蝴蝶停留在其间，有的落在花瓣上，伸出棒状的触角吸食花蜜。另一边，在"模拟草原"区里，只要在茂密的银莲花花丛中仔细寻找一番，就能看见几只蝗虫。两只小小的蝗虫兄弟，慢慢向一只正在吸食花蜜的红黄蓝三色的蝴蝶靠近。

那天我也来过这里吗？那时候好像还没有这个养着蝴蝶的温室设施，但我又仿佛曾在这个开满鲜花的美丽温室里，看见过穿着粉色外套和水蓝色外套的小小身影在其中时隐时现，他们像不属于这个世界的、童话里的神奇生物一般。

"然后呢，忘了是读职业学校时的老师说的，还是某个画家说的了，反正其中有谁曾说：'人类不过是微不足道的平凡生物，但即使是平凡普通的人类，也想要通过自己的力量创造出自认为最美丽的东西。'为什么我会记得这么清楚？是因为每次想起这句话，我都会感动得落泪。不过，我一看到像眼前这么美丽神奇的地方，就会马上联想到迪士尼电影。"小三奈一直在自说自话，完全不在意我有没有回应。

虽然我拼命地想要回想起十几年前的那些冬日旧事，却无论如何也想不起来更多。不管是昆虫馆、企鹅馆，还是那天的午餐，都是一片空白，只记得入口处对面的景象像一幅油画。

"小贵，你在想什么？从刚才开始就不出声呢。"小三奈在回去的电车上看着我的脸问。

电车车厢内居然很拥挤。周围的乘客大多数是二十来岁的年轻人，全都染着一头红褐色的头发。大概附近有大学或者职业学校吧。

"我不是和你说我从前曾经去过那个动物园吗？"我低声对正抬头看着我的小三奈说，我们两人被车厢内拥挤的人潮挤到门边，紧贴在一起。

"我只想起来我带孩子们去动物园，其他的事情记不清了。以前常常会和饭冢聊起我家里的事情，可是最近一说到孩子、妻子或是家里的事情，她就会无端地发脾气，大哭起来。所以我只能避重就轻，说些别的无聊的事。我已经好久没有感受到两个人无所不谈的轻松感了。"

"那一天，两个孩子天真又可爱，不像现在，长大了，变得傲慢且自以为是，老是说些没礼貌的话语。我记得那天他们两个衣服穿得多，裹得像两只小粽子，一路上欢声笑语的，简直像一幅画那样美好！"我说。

小三奈从不会钻牛角尖，她总是乖乖地倾听我说话，从不反驳，只会接受我的说法。她也从来不会抓住话里的矛盾或是语病，自己"被害妄想症"发作，对我多加指责，和我争论不休。

"哈哈哈哈哈……"小三奈欢笑着把头埋入我的胸膛，"那画面的确太棒了，对不对？"

"是啊，美好到我无法用言语形容。就算当时我那老婆大人一脸不安，我竟然也觉得最终会否极泰来，一切顺利。真不知道当时的我怎么会有这样的念头。"我说。

"小贵，你真是心直口快呢。"小三奈抬头看了我一眼，又笑着把头埋进我的怀里。电车车厢内的男女低语声萦绕在耳边，偶尔能听到几声嬉笑。小三奈雪白的脖颈落在我的视线中，我不禁把唇凑上去轻吻。

"我在你们公司门口等到晚上六点，一直没看见你出现，所以打电话到你公司里，他们说你今天一整天都在外面拜访客户。我一听这话就知道不对劲。我猜你不管是偷懒还是去拜访客户，肯定不会坐公交车的，一定会搭乘电车，也一定会在回家的这个车站下车。所以我从七点等到现在。"说话的正是饭冢。她始终一个人滔滔不绝，把等我许久这件事从头到尾、不落细节地大声说了出来。尽管她在喋喋不休，但脑袋一片空白的我依然处在状况之外，我完全搞不明白怎么会在此时遇见她，而我正牵着小三奈的手忘了收回来。

车站二楼的收费出入闸口外就是楼梯，我们三个人就这样站在楼梯下。明眼人都能看到我们这里的"修罗场"。经过此处的路人，有些是下班后进站乘坐电车的，有些是下车后走出闸口准备回家的，来来往往的人用看热闹的眼神看向我们。

"你为什么不能好好地上班？也不想想你都多大了，好几十岁了吧？"饭冢说话句句分明，铿锵有力，像个教育学生的女老师。目前饭冢看起来似乎不会情绪失控，发出怪声，大哭大闹起来，我松了一口气。不过，我现在该怎么做？

"为什么你到今天都还不明白？你不知道这世上除了我，没有谁会真正为你着想吗？我可以断言，不管是你的老婆、父母，还是身旁这个乳臭未干的蠢女人，没有一个人会用真心去对待你。我清楚地告诉你，现在是你最后的机会——最后能重新振作起来的机会，你怎么就是听不进去？如果你还是保持以前那个流氓样子，不把周围的人放在眼里，不重视女人，只会用敷衍的态度把事情塞给别人，你认为这样是正确的吗？"饭冢用背台词的语气说出一大段话。

我本应该努力思考如何摆脱现在的窘况，但无奈我的脑海像被白雾笼罩住了，只剩下一片空白。经过此处的那个穿米色外套，边登上楼梯边回头看我们的人，该不会是公司里的兼职员工奥村吧？那个穿运动外套的男生，该不会是美娜交往的男朋友吧？担心和忧虑不断地飘进我的脑海里。

"这种情况总不能一直持续下去，直到永远吧？你真的能听明白我的意思吗？就算现在大家装作什么都不知道，但是总有一天假象会破灭，会真相大白。人是要学会长大的，就像远足郊游或化装舞会，都会有结束和曲终人散的一天，最后大家都要回归现实呀！"

本来被饭冢教训得晕乎乎的我，猛地想起自己还牵着小三奈的手没放，真想回头看看小三奈现在的神情，她会用哪种表情看着饭冢呢？可是饭冢紧盯着我，时刻关注着我的反应，害得我无法将视线转移到小三奈身上。虽然此时我应该采取些适当的行动去应付饭冢，不过手里握着的小三奈的手是多么温暖、纤细又干燥啊，让我完全不想松开。

"我不是要提出分手，我只期望你能坚强、振作起来，不要像'阿助回力车'一样软弱无能下去。也希望你不要再轻视、忽视身边亲密的人，包括我、你的老婆和你的孩子们。"饭冢一口气把心中所想一股脑儿说完后，有些嗫嚅，看似还有些话想说，却无法说出口。她欲言又止了一会儿后，最终无法再开口了。

原本站在我面前的没话可说的饭冢，突然颓然地蹲下来，将脑袋埋进双膝间，开始低声啜泣。我的视野因为饭冢蹲了下去而变得空荡荡的，下一秒就与看热闹的路人的目光相碰。我决定稳定心神，放松心情，努力清除弥漫在脑海中的白雾，奋力思考当下自己应该如何应对饭冢。

好想做爱！当我发现在这种情形下自己竟然想到这种破事时，心里错愕至极。不过，身穿紧身短裙、蹲在地上低声啜泣的饭冢确实让我产生了欲望，我的下半身开始躁动起来。竟是如此不可思议，在这样众目睽睽又令人紧张的情形下，我居然像个乳臭未干的浑小子似的，满脑子只有床上的那些事。不断经过的路人纷纷向蹲下来的饭冢投以幸灾乐祸的八卦眼神。

赶紧想点儿要做的正经事！我忽然想起小三奈仍然在身边，悄悄地低头看着她，不由自主地轻轻动动嘴唇说："我们快点儿一起逃走吧！"小三奈绷紧脸，连连点头答应，下一秒抓紧我的手，拉着我迈开腿，匆匆跑离此处。

当我们跑到出租车乘车点时，发现这里一个客人也没有。一辆出租车急巴巴地打开车门，示意我们坐进去。刚坐好的小三奈神色自若地向司机报目的地，还不忘补充一句："我们是短程，不好意思。"出租车驶离车站时，我回头寻找饭冢的身影，只见在熙熙攘攘的人群中，她像个孤独的小女孩儿似的，蜷缩着蹲在地上。与周围的热闹格格不入的她仿佛置身于异空间中，突兀得引人注目。

"真可怕啊！"我坐直身体，看着小三奈，发现我们一直牵着手没放，"吓死我了，还以为会没命了呢！"放松下来的我不假思索地抱怨着，倒像在说旁人的事。

"真是太可怕了！"小三奈笑着说。

"我怎么觉得被惊吓到的是我呢！"我也跟着笑起来。或许是从刚才的紧张和惊慌中解放出来了，我笑得停不下来。

"她刚才莫名其妙地说什么'阿助回力车'啊？"小三奈笑嘻嘻地用鼻尖蹭我的肩膀。因为小三奈不管面对任何人、事、物都不会刨根问底，所以和她在一起时我感到轻松自如，信心满满。

"难道她指的是'阿 Q 回力车'？是口误吧？"小三奈想问题时不会钻牛角尖，因为她十分聪明，知道就算钻牛角尖，也无法改变什么。

回到小三奈住的单身公寓时，连鞋子都顾不上脱下来，我就忍不住开始亲吻她的嘴唇。我已经分不清欲望中的对象究竟是谁了。不管这些了！此刻小三奈的身体柔软又温暖，散发着一股甜香味。

"哎呀，等一会儿。"小三奈嘴上这么说，可是她并不是要伸手拒绝我。她反倒仰躺在地板上，"扑哧扑哧"地笑起来。这个从我家出发要转乘一趟公交车才能到达的单身公寓，玄关与厨房连接在一起，厨房后面只有一间六张榻榻米大的和室房间，粉色的窗帘将外面的黑夜与我们隔离。

"刚才她想说的一定是'阿 Q 回力车'！"小三奈说话时，我正在抚摸她的胸脯。

"因为哪有人会说'阿助回力车'的呀？"她轻笑间，不断喘息着。

"对啊，肯定是'阿 Q 回力车'。"我气喘吁吁地重复着一种玩具小车的名字。

我首先换掉了手机号码，又将饭冢的号码设置在公司电话的目录里，以便我能通过来电铃声的不同区分来电人。正好这时候有线宽带公司的人在我们小区派发传单，我顺便将家里的电话线也换成了新的，这样就可以趁此机会换掉家里的电话号码。我甚至在上下班时特意绕远路，走新的上下班路线。我暗地里做了这么多烦琐的事情，就是为了应付饭冢后续的骚扰。不能让她威胁到我平凡又平静的生活，会破坏我自认为相当珍惜的家庭的人，也就只有饭冢一人而已。

就在我认定家庭威胁者和破坏者只有饭冢的时候，趁着难得能回家吃晚餐而匆匆赶回家的我，看见坐在客厅里的小三奈时，心里满是迷茫和惊疑。我完全理解不了这是怎么一回事，现状已经超出我想象的范围了。

在脑袋冷静下来的那一瞬间，我深深地体会到意料之外的客人的出现，让我对时间和空间产生了微妙的错乱感。这一天是三月的最后一天，事情发生的地点是我家客厅，而我的身份模糊不清。现在的一切就像被胡乱切割的大理石一样，花纹纠缠不断，让人心中乱成一团，而我面对此情此景，感到了绝望。

小光和小三奈坐在沙发上，美娜在餐桌旁的椅子上看杂志，绘里子从厨房探头出来，向小三奈介绍我是一家之主。我用初次见面的态度对她点点头。哦，不对不对，这并不是什么时间和空间的错乱，而是几个不应有交集的平行线事件突然重叠在一起，让我产生了难以形容的违和感和错乱感。我一直以为作为"父亲"角色的我和作为"出轨情人"角色的我，是不可能交叉在一起的。等一下，小光和美娜，以及这个家显得如此混乱和不协调，是因为这些不可以发生交叉的事件如今重合在一起了。我冷静下来，费尽心思，拼了命地思考分析现状，希望能找到解决的办法，却陷入了无法思考下去的混乱中。

"这位是北野三奈小姐，以后她来当小光的家庭教师。"远远就听到绘里子用在外人面前那种刻意提高声调、拖长尾音的说话方式讲着话，"下周就开始上课。现在恰好是晚餐时间，所以邀请北野老师留下来一起吃晚餐。美娜和爸爸，你们谁能帮我准备晚餐？哎呀，美娜，你先把桌子擦干净。"

"不用客气了，我想我今天还是先回去吧。"小三奈不敢正眼看我，径直走到厨房和绘里子说话。

家庭教师？小三奈能教什么啊？

"没关系的，只是做些家常饭菜，四个人和五个人吃都一样的。小光，你骑自行车去便利店买几瓶啤酒。北野老师，请您去前面的沙发上坐会儿，看看电视，晚餐快做好了！"绘里子不明所以的兴奋声音从厨房传来。

小光一边回房间拿自行车钥匙，一边嘟囔："真要我去买东西啊。"美娜从吧台接过抹布，开始擦桌子。

我的视线轮流落在家里所有人的身上，免不了地与小三奈四目相对。小三奈面无表情地看着我。我刚想开口说点儿什么，她就扭过头去，拿起手边的遥控器，坐到沙发上，按遥控器切换电视频道。这个女人跑来我家里，究竟想做什么？竟然把我家的遥控器当成自己家的一样随意摆弄。

"小贵，不要站在原地发呆啦！过来把这锅煮好了的牛肉汤分装到小碗里吧！"像个接到远程指令的机器人似的，我走进厨房。

"老师你用的什么粉底液呀？"从刚才就一直偷偷观察小三奈的美娜，拿着抹布悄悄挪到小三奈身边。

"哦，我用的是茵芙莎春季发售的粉底液。"小三奈说。

"真的吗？我也想要那款粉底液，可是我妈妈太小气了，不肯给我买。"美娜说。

"你平时都在哪里买化妆品？"小三奈回问。

"你知道'探索购物中心'吗？那里面有一家叫'红色地球'的药妆店，店里卖的东西很便宜，三支口红只要一千日元。老师，你的美甲是在外面请人做的吗？"美娜说。

"不是的，是我自己做的哦。下次我帮你做吧。"小三奈说。

"真的吗？"美娜开心地说。

美娜跪在沙发上，像只快乐的小狗那样贴在小三奈身边喋喋不休。

"老公，真不好意思啊，是小光今天突然带她回家的。好像是她看到小光贴在'探索购物中心'里的启事，打电话来应聘做家庭教师的。小光的英文不好，又想学学英文和计算机操作。听说四月份开学后，学校要开设有关网络虚拟商店的课程，虽然北野老师很年轻，可是她在这方面好像很专业呢。"绘里子小声地向我解释。

我不停地搅动锅里的牛肉汤，红色的萝卜和黄色的土豆在红褐色的汤汁里起起伏伏。

"虽然真的太突然了，刚开始我也不知道该怎么办，可这是小光第一次主动要求补习，试试看也可以吧，加上补习费也不贵。但小光对人家爱搭不理的。听说考试的成绩对能否上高中有很大影响的……"

我的视线越过吧台，注视着坐在沙发上聊天的小三奈和美娜。两个人看起来像同年级的同学。我不禁产生了一种仿佛偷偷潜入女子学校教室偷窥的罪恶感。

猛然间，我想起我家唯一的家规——不能隐瞒任何事情，不能相互猜忌，互相敞开心扉分享生活，竟然被我忘得一干二净，甚至连有家规这件事本身都早已被我抛到了九霄云外。我和小三奈的关系终于要在今天暴露了吗？会在这个一家人愉快地围在餐桌旁享用牛肉汤的时刻，被彻底曝光出来吗？

"好热啊，热得流了一身汗。妈，我买的我们平时喝的那种，可以吧？"小光热得满头大汗，真猜不到他骑车骑得到底有多快。

"哎呀，应该买啤酒才对，怎么买的是气泡酒呢？今天有客人在呀！老师，真不好意思啊，请您喝的是便宜的酒了。美娜，拿三个杯子过来，这次我也要陪客人喝一杯。"

绘里子说完，便指挥大家按照她的意思分别落座。小三奈坐到了过生日时寿星会坐的座位上。如果今天坐在那里的人是饭冢的话，我多少还能理解，不会感到十分意外。但事实竟然是小三奈坐在我的家里。这个女人究竟想做什么？她这是什么意思？那天她不是把鼻子蹭到我的肩膀上，和我一同嘲笑饭冢了吗？她不是曾全身赤裸地在厨房喝着健怡可乐，说以后肯定不会成为饭冢那样的老太婆吗？言犹在耳，为什么现在她却能堂而皇之地出现在我家里，拿着绘里子原本帮我冰好的啤酒，泰然自若地喝起来呢？

"趁着吃晚餐的机会，我们自我介绍一下吧！老师先请。"绘里子说。

小三奈上唇沾有白色的啤酒泡沫，腼腆地笑了笑。

在小三奈张口准备说话的那一瞬间，我忽然产生了一种错觉，仿佛当年那个避孕成功的京桥贵史正与我四目相对。

对方也是个名叫京桥贵史的男人，像与我相识多年的好友一般，我对他的情况了如指掌。大二那年的春假里，他平安无事地结束了打工，与打工时认识的女朋友不再见面。他按照原计划，用打工赚来的钱买了一辆摩托车。当年暑假，他骑着摩托车环游了北海道。他在大三就早早制订好了目标，毕业后在一家电视节目制作公司工作。就算进入了职场，他依旧会利用假期，带着帐篷和睡袋，独自一人骑摩托车环游日本，每到达一处景点，就停下来，用素描记录眼前的美景。他接近四十岁了，依旧未婚，与交往的女朋友保持着"不同居、不结婚"的默契。

他如愿以偿地过上了年轻时梦想的生活，却不知为何很喜欢看矫揉造作的家庭题材电视剧。每次打开电视，总能看到同一家人上演着一成不变的无趣的家庭生活。但今天的电视剧内容特别有意思，爸爸的外遇对象一声不吭就跑到家里来了。他决定一边喝红酒，一边好好欣赏今天在这个家庭里上演的愚蠢闹剧。

"我是北野三奈，大家都叫我小三奈。我从下个月开始正式当小光的家庭教师，负责辅导他英文和计算机操作。虽然所学不多，但我在家庭教育方面有些心得和经验。如果小光和美娜有任何想要问我的问题，不要客气呀，都可以来问我。当然我也会尽量不教他们做坏事的，哈哈哈哈！"小三奈说完还偷瞄了我一眼才坐下。

我像个演员，正在为电视前的那个避孕成功、没有结婚生子的京桥贵史卖力地表演家庭题材电视剧。刚才诞生在我脑海里的错乱幻想，在小三奈的声音中消失殆尽。从始至终只有我一个京桥贵史，没有摩托车，更没有红酒。同时，我的脑海里渐渐有白雾泛起并弥漫开来，"嘀嘀嗒嗒"声伴着"阿Q回力车"这个意义不明的名字响彻脑海，我的手心仿佛出现了一辆塑料小回力车。记得我小时候会在塑料小回力车后面挖个小洞，希望它能比别人的小回力车跑得更快。想不到这样的操作竟会导致小回力车运转出问题，只能在原地打转，远远地落在后面。

餐桌旁的小光、美娜和绘里子笑容满面。窗外的春日大地被淡淡的藏蓝色天空覆盖，而我们的身影就映照在落地玻璃窗上。我心中依旧重复嘀咕着："唉，真想逃走。"

可是在下一秒，我又自问："逃走？我能逃去哪里呢？除了眼前这个小而窄的房子，我还能逃到哪里去？"

"那么接下来是爸爸啦，请爸爸开始自我介绍哦！"在绘里子的说话声中，我看到落地玻璃窗上映照着一个瘦削男人的身影，他露出僵硬而尴尬的笑容，站了起来。

空中庭园

我早在九岁那年就有个念头：一旦我设计出完美的犯罪手法，就写进小说里。几年之后，我的想法改变了——要是掌握了完美的犯罪手法，不如直接付诸行动，落实到底。不过这么多年来，我始终没想出完美的犯罪手法，所以现在的我既当不上小说家，也当不成罪犯。

"那个女人也就在结婚后第一年的母亲节时来过我这里，当时她还说你哥哥工作太忙，来不了。那次她带来的礼物只有一盆迷你玫瑰花和一盒小得像能一口吞掉的小蛋糕。她来和我说的都是那些老一套的事，整天炫耀她娘家人每次都会去别墅那边过父亲节、母亲节什么的，还说什么每次都聚在一起玩纸牌，真让人受不了！不就是周围的人都不把她当回事，才跑到老太婆我这里来炫耀的吗？"母亲唠叨不休地说着。

起居室里杂乱不堪，但并没有积灰，也没有脏得发

黑的污渍。 只是起居室里到处都堆放着叠得整整齐齐
的纸袋、空的零食包装盒和封面皱巴巴的杂志，所以显
得非常杂乱。 这个家里很少有客人来，缺乏人气，又
堆满了废纸和杂物，可以说是个废墟。

"她还说他们又买了一套房子！是在伊豆还是在日
光来着？不是那种独门独院的别墅，是高档住宅大楼。
她说这样方便她周末带父母过去住。 加枝明明很孝顺。
但让人没想到的是，都是她的公公婆婆去住，谷野太太
反而一次都没去过！明明出钱买房子的是加枝，而不是
她的老公！"

母亲只有在动嘴咀嚼煎饼的时候才会停止说话，安
静一会儿，但是等煎饼被吞进肚子里了，她马上继续讲
下一件事。 原先说的是几年前大嫂来这里的事，说着
说着又变成邻居家最近的事。 母亲性格一直如此，想
说的话不经过脑子就说出口，像天生大脑就缺乏起到

"话语过滤器"作用的那部分功能。她说话做不到条理分明，也不管内容是否恰当，只会不管别人的感受，脱口而出。

母亲身后是一座黑得发亮的佛龛，桌上插着一把黄色的洋甘菊，颜色艳丽过头，像异国的有毒食物。不知从哪里散发出一股腐烂的水果的酸臭味。

"要是你家也能买栋别墅就好了。不过指望不了你家那个懦弱没用的男人。你哥哥没有孩子，可你有美娜和小光，近几年连暑假你好像也没有带他们出去玩过了吧？我已经很久没和你哥哥见面了，一定是你大嫂阻拦他，不让他回来。"

我忽然注意到母亲在说话间把整袋煎饼吃光了。她感冒发烧了，身体不舒服，不能出门去买东西，让我帮她买。我拒绝不了，只好来到她家里看她。不过她能一口气吃完整袋煎饼的话，身体应该没什么大问题吧。

金色的阳光沿着廊檐照射进来，我抬头看了看时钟，已经快到五点了。唉，今晚回家的时间又要推迟了。

"我该回家了。您拜托我买的东西我都放进冰箱里了。"我说。

"等一下，你把这个拿回家吧。美娜过生日的时候我什么也没送给她，今天你就拿着这些钱带她去个好点儿的餐厅吃一顿吧。家里的情况还好吧？贵史有在好好工作吗？那个男人快四十岁了，还老是一副吊儿郎当的大少爷样子，什么都做不好，还得让你出门打散工帮衬家里。"母亲越说越来劲了。

我来到玄关处，母亲紧紧地跟在我身后，手里挥舞着一个四方形的和纸袋。我扶着旁边的鞋柜穿鞋子，刚把脚后跟塞进鞋子里，就看到鞋柜晃了一下，上面的小碗掉了下来，里面的五日元硬币滚落一地。

我不禁烦躁地说："您为什么要把硬币放在玄关啊？"

"真是的，你总是毛毛躁躁又笨手笨脚的。哎呀，你赶紧捡起来啊。"母亲光着脚走到玄关，弯腰捡起地上的五日元硬币，"赛门老师，你听说过吧？就是那个会看风水的大师。他说在玄关放装满了五日元硬币的蓝色小碗就能招财！"

"好了，这堆五日元硬币我帮您收好放在这里，那我先走了。"我匆匆忙忙地走出玄关。

母亲也跟着我走出玄关，来到大门前，朝我挥手："代我向美娜和小光问好啊！告诉他们要常来我这里！刚才给你的美娜的生日礼金别被你愚蠢的丈夫发现，不要被他拿走啊！你们就三个人一起去吃点儿好的吧！"

我逃离那刺耳的喊叫声，脚步匆匆地朝着公交车站跑去，刚好赶上到站的公交车。我在最后面的座位上坐好，然后偷偷回头一看，发现母亲仍然站在大门口，一边嘴里不断地念叨着什么，一边挥舞手臂。

夕阳在农田上洒满了金色的光芒。零星散落在道路两旁的小商店仿佛被时间遗忘了，不仅破旧不堪，连正面的玻璃窗都蒙上了厚厚的一层灰，远远望去根本搞不清楚那个窗户究竟是打开的还是关闭的。延伸到田野里的小路上看不见行人，只见慢吞吞地走在路上的流浪狗忽然停了下来，抬起一条腿，在防火瞭望塔旁撒尿。我轻轻地松了一口气，心里终于有种得救的感觉。

这已经成了我的一种习惯，每当我从娘家回来，坐上返程的公交车后，这种感觉就会涌上心头。啊，得救了！

先乘坐十五分钟公交车，再乘坐十分钟电车，最后再乘坐十分钟公交车，就能从我的娘家回到相隔三十多分钟车程的家里。我现在住的家周边的环境与娘家截然不同。每当从车站坐上开往我所在的小区的公交车时，我就切身感受到回到了现代社会，真让我感到无比轻松。我想，多亏我们居住的城镇有"探索购物中心"，才让这个城镇跟上了时代的潮流。直到现在，我仍然认为，将我从我内心的犯罪冲动中拯救出来的，既不是时间，也不是家人，而是这座位于郊外的购物中心。

对我来说，"探索购物中心"的落成和开业相当于"黑船来航"①。之前每逢周末和节假日，母亲就会找借口叫我们去她家里吃饭。如果我们无视了母亲的要求，

---

① 指1853年美国舰队威逼日本打开国门的事件，给当时的日本带来了巨大的变化。

她就会一个人跑来。自从美娜上小学后，母亲更是会不请自来，我们无处可逃。到头来，几乎每个周末她都会来我们家吃饭。

然而，在"探索购物中心"开业后，这些都发生了变化，母亲来我们家里的次数大大减少了。碎嘴子的她老是滔滔不绝地跟我们抱怨人太多了，太乱了，麻烦死了，公交车班次多到搞不清楚，路上没人搭理她……自此之后她就几乎天天待在家里，极少出门了。这让我心中的杀意消退不少，我深刻地意识到母亲年纪已经大了，不需要我动手做什么，时间最终都会将她送进坟墓中。只是至今她的身体依旧健康。

电车到站后，我下了车，立刻冲去车站里的超市，混在一群家庭妇女中抢购蔬菜和肉类。来不及仔细思考今天的晚餐用什么食材了，我匆忙买好了菠菜、西红柿、牛蒡、猪肉和鸡肉。这些就可以了！赶紧回家！不再快一些就赶不及在小光和美娜放学之前回家了。我不能让孩子们每天回家时需要自己拿出钥匙打开一个空无一人的房子的门，我不允许这种事情成为我家的日常事件。

下了公交车，我一路奔跑到我家所在的那栋小楼的前面，才气喘吁吁地站定，望着面向我这边的窗户，调整呼吸。一字排开的玻璃窗上映照出暮色时分的天空。二楼正中那套、三楼右角那套和五楼从右数第二套，这三套房子看起来都像空房子。虽然有人居住，但里面总是黑漆漆的，连日常生活需要的窗帘、植物、台灯、衣物等都完全见不到。四楼从右数第四套、一楼从左数第二套，还有同样在五楼的我家隔壁的住户，到傍晚了依旧没有把晾晒出去的衣服和被褥收进来，估计早就变得潮湿又冰凉了。

我移动视线，停在五楼最左端。只见铁栏杆上悬挂的花盆里栽种着正盛放的红白相间的秋海棠、绯红色的天竺葵和淡蓝色的桔梗花。挂在晾衣架上的黄金葛轻柔地垂下叶子，还能看到放在地板上的风铃草开着淡紫色的小花。我满意地点了点头，小跑着进了大门。

我打开家门时，已经五点五十分了。美娜还没回家，小光的运动鞋已经被扔在门口，而旁边整齐地摆放着一双细高跟鞋，应该是家庭教师的鞋子吧。

"小光，对不起，我回家晚了。"我打开小光的房门，只见并排坐在桌前的小光和北野老师转过头来，两人脸上有些微红，神色有些不自然。

"妈，我不是告诉过你，进房间前要敲门的吗！"小光用粗哑的声音不高兴地抱怨道。

"对不起。"我道了歉，闪身躲进厨房。

他们这是怎么回事？虽然我总觉得北野老师面带桃花，但我猜她总不会对才十四岁的男孩儿感兴趣吧？我一边想着，一边打开冰箱。冰箱里还有胡萝卜、包菜、青椒和芹菜，那今晚的晚餐就做西红柿炖鸡肉、牛蒡沙拉和包菜鸡蛋汤吧。北野老师这次会留下来吃饭吗？因为小光想要请家庭教师，所以我只好顺着他的意思去做，早知道就不应该让陌生人出入家里。我总觉得自从北野老师来了以后，小光老是说些莫名其妙的话。

我正在淘米时，电话响了。原以为是美娜打的，接听后才知道是母亲的电话。她说："虽说你难得帮我买东西，我不该嫌这嫌那的，可是你真的要认真挑点儿好的送来啊！你送来的西蓝花上面的白点不是灰尘，是霉点。炒面到后天就过期了，在后天之前，我怎么能一个人吃完三袋炒面呢？还有，你多吃点儿纳豆吧，纳豆能保存很长时间。电视上说了，每天多吃纳豆对身体好，还能减肥呢！"

"妈，送快递的人过来了，不好意思，我要挂了。"我匆匆挂断母亲的电话，回头一看，发现北野老师和小光正站在我身后，我不禁惊讶得全身僵硬。

"明明没有快递员上门啊。"小光说。

"那我今天就先告辞了。"北野老师低着头。

"北野老师，今晚不留下来一起吃饭吗？晚上爸爸很晚才回家，老师就留下来和我们一起吃吧！"我净说些口是心非的话。

"怎么能让你特意招待我呢？太不好意思了。今天真的有事情。小光，再见了。请代我向美娜问好。"北野老师说。

小光送北野老师出门，他们又在玄关处低声说了些话，然后传来了开门和关门声。

"小光！过来帮我处理包菜！"我喊了他一声。

"唉，真是的。"小光虽然嘴上会抱怨，但最后还是会把我交代的事情办好。他来到料理台前，把包菜撕成片，放进菜篮子里。

屋里隐约传来一股刺鼻的甜香味，是北野老师残留的香水味。这股难闻的甜腻味道，让我突然联想到母亲家里的那间起居室。走廊上的阳光透过纸拉门照射进房间，却没能让昏暗的起居室变得亮堂起来，唯有终年放在佛龛旁的插花那异常艳丽的色彩始终吸引着我的目光。这段时间以来，母亲不管是吃饭、睡觉还是看电视，都待在那间起居室里。

我打开换气扇，又晃了晃脑袋，想要将这一景象从脑海里赶走。

"你觉得北野老师怎么样？"我一边切牛蒡，一边问站在身旁的小光。

"她上课很有趣啊，我的英文水平提高了许多。嗯，应该说我终于知道之前的问题出在哪里了。"小光说。

"哦？那是什么问题啊？"我问。

"是我考虑问题时太想当然了。"小光小心翼翼地撕下一片包菜，"比如有个句子是'鲍勃告诉玛丽，他曾经在这个城市住了五年'，我乍一看到这句话，会想当然地以为是鲍勃五年前来到了这个城市。我再举个例子，比如'我问玛丽曾经上过哪所学校？'这个句子，我会把注意力放在'学校'上。在这种想当然的想法下，我产生了微妙的误解，结果完全搞错了句子真实的意思，最后就会答错。"

我完全听不懂小光在说什么。

"哦，这样啊。"我又吩咐小光，"包菜撕完了再把芹菜的筋去掉，然后把青椒的籽儿也去掉。"

好不容易撕完包菜的小光，又听话地继续做下一件事。趁他从冰箱里拿出芹菜时，我偷瞄了一下他的背影。之前身高还没我肩膀高的小光，现在已经和冰箱差不多高了。

"有没有被北野老师吸引住啊？她长得很诱人哦。"我随口一说。

"才没有。虽然她的胸部很大，可是我没有兴趣。"

小光马上接话。

想了一会儿，小光接着说："我和北野老师讨论过，我的问题就是想事情时想当然。仅凭想当然的想法去做事是最糟糕的。用这个小区做例子，这里是有了一个想法之后才建造出来的。妈，你还记得当初搬来这里的时候是怎么想的吗？是不是搬来这里后，就想当然地认为一切都会变得称心如意呢？"

"嗯，好像是。"我把鸡肉切成能一口吞下的大小，感觉手边灯光有些暗，就打开了洗碗池上方的灯。灯闪了几下后终于保持明亮了，四周变得亮堂起来。我说："这个小区当时在这一带可是具有划时代意义的建筑群呢！虽然叫小区，但在那时候是很前卫的。"

其实我并不能确认这里是否前卫，不过在那时候，周围还只有田地和高速公路，所以这片叫作"格兰城市公馆"的建筑确实是很酷的。现在大家都叫它小区，不过"格兰城市公馆"这个洋气的名字才是这片建筑的正式名字。当时决定买下这套房子的我，的确毫不怀疑地认为自己未来将会有光明美好的人生。

"小光，刚才我们说到哪儿了？"我回过神来，看了看旁边的小光。

小光一边去掉青椒的籽儿，一边头也不抬地说："只是我想当然的想法啊！建造这些房子的人一定认为房子是非常漂亮的，进而也认为住在这里的人一定是很轻松愉快的——孩子们天真可爱，夫妻之间和睦美满，沟通顺畅，来来往往的幸福住户营造了一个热闹的小区。哦，青椒处理好了，下一个是什么？"

"哦，暂时没什么了。你先去看电视吧，再过二十分钟就能吃饭了。"我说。

听完我的话，小光去洗了手，正准备回自己的房间。

我提高音量叫住他："你怎么说话说一半就跑了？"

"我认为刚才说的那些就是想当然的想法。只会想当然的话，往往就看不见真相了。"传来小光粗哑的嗓音和轻轻关上房门的声音。

我完全听不懂他在说什么。自从北野老师来了以后，他总会说出些莫名其妙的话。虽然北野老师看上去妖娆迷人，还有点儿没心没肺的样子，但其实说不定她能和小光探讨些深刻的问题。什么"想当然""真相"，难道小光也到了热爱讨论不切实际、看起来很深刻的话题的年纪了？

趁着煮西红柿炖鸡肉的时间，我快速做好了牛蒡沙拉。房间里实在太安静了，我便打开电视，一边听新闻上转播的棒球比赛，一边用锅煮汤。六点半多了，老公和美娜都还没回家。

晚餐的准备工作已经全部完成，我一个人托着腮坐到餐桌旁喝气泡酒。我的身影映照在阳台的落地玻璃窗上。窗外深蓝色的夜空下，轮廓分明的秋海棠和硕大的风铃草正在风中轻柔地摇曳着。我单手拿着气泡酒来到阳台，蹲下来仔细检查植物的叶子，把枯萎的花朵摘掉。

刚搬到"格兰城市公馆"的时候，我真的以为未来迎接我的会是光明美好的人生。看到同龄的女生只会穿着可笑的紧身裙整天开派对，争先恐后地前去品尝市中心昂贵的高级料理，我一点儿都不羡慕她们。不，并不是只有过去的我是这么想的，直到现在，我的想法也没改变，只要我一直住在这所房子里，就能有光明灿烂的未来。就算小光和我说些我不懂的"玛丽和鲍勃"，只要他一如既往地与我坦诚相待，无话不谈，就能证明住在此处依旧能获得光明的未来。

将近七点，美娜才回到家。她一回来连自己房间都没回，就径直瘫坐在沙发上，拿着遥控器乱按频道。

"美娜，这么晚才回家？在忙些什么？"

我一边搅拌着那锅西红柿炖鸡肉，一边问。美娜学着她爸爸的样子，边脱袜子边回答："妈，您别问这么多，我现在正努力去结识女性朋友。高二才去认识新朋友，需要更多的努力和勇气呢。"

"去喊小光来吃饭吧。"我说。

"哎呀，怎么老是对我呼来唤去的！小光，吃饭咯！咦，今天三奈老师来过吗？小光，快开门！你怎么没有提前告诉我？早知道三奈老师会来家里，我就早点儿回家了！"美娜敲着小光的房门喊道。

"烦死啦，别再敲了。昨晚吃饭的时候就和你说过了，谁让你看灵异影片特辑看得太入迷，把我的话都丢到一边了。"小光走出房间。

我提高音量吩咐他们："先去把手洗干净。"下一刻，传来美娜和小光跑进洗手间的声响。

那一年，我看到建设完毕的"格兰城市公馆"和周边的公园、广场、便利店时，以为自己看到了一片新天地。这里有宽广的空间，充满阳光和绿意。既没有田地的土腥味，也没有高速公路上的汽车尾气味，取而代之的是清新的空气。从我抚摸着微微隆起的腹部的时候到现在，已经过了十七年之久。我不经意间抬头望向房子的窗户，发现其已变得陈旧不堪。可是，从人行道另一侧望过来，却能看到五楼我家的阳台绿意盎然，鲜花盛放，始终散发着灿烂的光芒。

我对家人隐瞒了一件事。并不是那些没必要告诉大家的事情，比如老公之前出轨的荒唐事，最近母亲唤我去她家的频率增加，还有我心里偶尔涌现的犯罪冲动。我指的是即使说谎也要遮掩住的事——京桥家是在我的设计谋划下才建立起来的。

老公以为是因为他不小心我才会怀孕的，美娜和小光也相信我们是奉子成婚的。而我为了隐瞒自己精心设计的计划而向孩子们撒了谎——爸爸和妈妈是当地的不良分子，结婚生子后改过自新，过上了正常的生活。由于内容愚蠢荒谬得过头了，反倒让他们信以为真。记得那次美娜问我："妈，我听说以前的'飙车族'不会恐吓勒索别人，反而会卖贴纸，是真的吗？"我完全不懂这些，只是含糊地笑了笑。这让美娜仿佛明白了什么般地说："以前他们还挺守规矩。"

老公从前似乎很风流，但我并不是不良少女，美娜也不是意外怀孕诞生的。我从十五岁时就开始每天测量自己的基础体温，计算排卵期，为的就是寻找一个适合的、能够与我组建理想中的家庭的男人。高中三年间，为了吸引男人的目光，我努力化妆打扮，只顾学习如何勤俭持家和养儿育女，根本没时间和女同学们谈天说地。我一直没有加入小圈子，她们不但给我取了可笑的奇怪绰号，还无视我的存在。不幸的是，我高中读的是女子学校。我的梦想是能在十六岁那年结婚，和男人组建家庭，却始终无法实现。在十七岁时，我交了一个比我小一岁的男朋友，可他对于结婚一事始终不感兴趣，我只好使出"绝招"——好几次去旅馆的时候故意不用避孕套，可我最终没有怀孕。

在那绝望的、毫无意义的、无聊的高中时代，我能回去的地方只有家，而在家的话也只能和母亲四目相对。高中毕业后，我在工作的地方遇到了现在的老公。当时，我在一家快递公司当行政文员。那年春假期间，有个来打工的大学生，我观察了一段时间，确定他是个可以托付终身、能与我组建家庭的男人。在他打工的最后一天，我请他去喝酒，他毫不犹豫地答应了。甚至连去情人旅馆也不需要我开口，他直接带我过去了。我想他本来就是个风流好色的人。但这些小事并不能影响我的计划的实施。重点在于，如果我告诉他我怀上了他的孩子，他会沉默着接受，还是会直接逃走？正如我所猜想的那样，去了三次旅馆后，我告诉他我怀孕了，虽然他十分想逃之夭夭，可最后还是留下来了。他既没有追问我过去的交友情况，也没有调查我的家庭背景，而是坚信这是自己的失误导致的。他无奈地笑了笑，接受了要和我结婚这件事。

最近美娜常常来找我，想打探我的过去。她老是抓住我问"妈妈，你在我这个年龄的时候……""妈妈，你怀孕时……"等一堆问题。每次我都只能用谎话回答她。我绝对不能让孩子们知道，那时候的我心中只有空虚和绝望。甚至我还要教会他们，这个世上不存在空虚和绝望。

自从结婚那天开始，我就预料到会有这么一天。所以当美娜在我肚子里还只有小豆芽大小的时候，我就为这个还未出生的孩子编造了往事。我原封不动地窃取了当年在快递公司时坐在我对面的工读女生的经历。她年轻漂亮，十六岁的时候就如同我所憧憬的那样结了婚①。

---

① 2018 年，日本政府通过民法修正案，将女性的法定结婚年龄从 16 岁上调至了 18 岁。该书日文原作成书时间较早，故有此表述。编者注。

我一直活在自己编造的谎言里，久而久之，恍惚间连自己都信以为真："中学时代的好友突然成了不良少女，我为了帮她改邪归正而融入她的圈子，没想到自己也加入了不良团体中。虽然这样，但我依旧热爱家庭，从来没给家人添过麻烦。遇到现在的老公后谈起了恋爱，像许多不良少女那样，脱离团体，早早组建了家庭。后来我们学着自己最喜欢的娘家的模样，经营着自己的小家庭。"其实里面并不全都是谎言，把最后一句倒过来形容就是真相："以我们最厌恶的娘家为反面教材，经营自己的小家庭。"

　　"从昨天开始，我的腰就痛到让我不能走路。如果这样你都能来看望我，那真是太意外了。一定是因为梅雨时节快要到来了！哎呀，痛死我了，还能拜托你买点儿东西送过来吗？虽然没发烧，可是我的喉咙痛得不行了。"下午五点，母亲打电话来诉苦。我一边把电话分机夹在耳朵和肩膀之间，一边用两只手扭开奶油玉米的罐子。我说："现在吗？现在不可以啊，我要做晚餐。"

"我又没说现在来！明天就行。刚才电视上的天气预报说明天也会下雨，看来明天也会很痛啊！我实在是没办法啊！原来也不想动不动就要求你做那么多事，可是我不去买东西又不行。用推车去买东西，像个老太太似的，我又没那么老！"

我原想和她说，明天从早上九点到下午四点，我都要待在打工的地方，没空闲，不能去了，可是我最终还是把话咽了回去。因为如果我如实告诉她，她又会对我老公指指点点，各种埋怨，至少要讲三十分钟。虽然我也认同老公是个一无是处的人，可我就是不想听母亲的批评。

我深深地吸了一口气，按下心中的怒气，站在厨房里，隔着吧台望向阳台，只见落地玻璃窗上布满了雨点。也许是这段时间阴雨连绵的缘故，天竺葵、玫瑰和风铃草都是没精打采的样子，连小雏菊和郁金香这些春天应季的花朵也早已凋零，阳台上显得有些凄惨和了无生机。

"刚才在播放天气预报前，有一个新闻特辑，讲的是年轻人网上交友的事，最近有人和第一次见面的网友约会，结果一去不回。你家里还好吧？美娜和小光没有带手机在身上吧？没有啊。你要注意一些啊，不要等到事情发生了才知道，那就太晚了！对了，你有没有给孩子们零花儿？上次小光在电话里和我说年轻人也需要参加很多交际活动，这样你们都不担心他吗？"母亲继续不停地说。

"小光和您说了什么?！"我被自己突如其来的吼声惊到了。

母亲似乎也被吓了一跳，她换成又小又细的声音继续说："他什么也没说啊！只是年轻人好像有属于他们的交际活动。说到交际活动，像什么镇内的环保清扫队，也太可笑了吧！只不过是打扫水沟而已嘛，说什么环保不环保的。"

"我不是告诉过您，我不在家的时候千万不能打电话来吗？"我的声音颤抖着，深呼吸也无法压制住颤抖，"不管怎样，我都会满足您的要求的。可是孩子们要去上学，还有课外活动，他们不可能去帮您的。"

"好好好，我知道了。哎呀，你也真是的，我不就是说了几句话而已嘛。现在的孩子和以前的不一样了，你小时候真是无忧无虑啊。算了，不说这些了。刚才说的环保清扫队里，听说有老人爱骚扰女人呢！"母亲的话嗡嗡作响。

此时，我的鼻子一阵酸胀，眼眶深处开始发热，脸颊痒痒的。眼泪好像从右眼中流下来了。刚想用右手擦拭，却发现那只手紧紧握着开罐器。也许是握得太用力了，手指苍白，毫无血色。

我今年要过三十七岁的生日了，女儿已经上高二了，我没必要为了一个与我的家庭关系不大的老太婆和她的一句无关紧要的话而哭泣。我知道这实在是太愚蠢了。但每当和这个女人说话，我都会像个十几岁的小姑娘一样轻易地惊慌失措，频繁哭泣。

"啊，美娜回家了，我要先挂电话了。"听见门口处的开锁声后，我匆忙挂断母亲的电话，把分机丢到沙发上，走向玄关。

"欢迎回家。今晚吃烧卖哦,你洗干净手就过来帮忙吧。"我说。

正在脱鞋子的美娜忽然抬头看了我一眼,嘴里念念有词,当我想听清楚些的时候,她已匆匆回到自己的房间了。我转身冲进洗手间照镜子,脸上的痕迹不明显,那么她应该没发现我刚刚哭了。

"小光,小光!你也来帮忙包烧卖!"我经过客厅时特意提高嗓门喊小光,然后坐到餐桌旁,准备包烧卖。

我把肉馅放进小小的方形面皮中。这时小光也站到了我身旁。

"手洗干净了吗?赶紧来帮忙吧。"我说。

小光听话地坐到我对面的座位上,把烧卖皮放到手心上,小心翼翼地包上馅料。看着他一脸正经的模样,我偷偷地想:不过是包烧卖而已,怎么还那么认真和全神贯注呢?

"小光,你最近和外婆有联系吗?"我努力挤出笑容,问道。

"是的,我有点儿事情想问问她,所以给她打了电话。 怎么了？"小光说。

"你们聊了些什么？"

"不是有一种集体住宅区吗？不是我们现在住的这种小区，而是类似从前的公营住宅①。我在图书馆查阅过资料，可还是搞不太明白，所以想找人问问。我想问问外婆，第一次见到这种公营住宅时是什么感觉。"

说话时小光手中的动作停了下来，还真是笨手笨脚的。烧卖皮就这样躺在他的手掌上，小光像个小孩子一样看着我，继续说："我们这个小区里不是开了好几家店铺，但没过多久就陆续倒闭了吗？连'微笑便利店'和'潮流超市'都不到一年就倒闭了。小区里的人们都不爱去小区里的店铺，反而宁愿走二十分钟到大马路旁的'全家便利店'。结果，小区里变得越来越冷清和阴森，没有人气。在以前的集体住宅区里面，店铺的作用是不是有点儿像某种联谊中心？光看书上描写的，就觉得小区本来应该是很热闹的地方。所以我在

———————

① 日本从战后经济高速增长时期开始，由政府主持建设的公共住宅。

想，这两种集体住宅区之间有什么不一样？另外，我对建筑物也非常感兴趣。"

小光到底在说什么啊？又或是他想告诉我什么？

"美娜，你把青豆和虾仁放到包好的烧卖顶上。"我指着装有青豆和虾仁的小碟子，吩咐已经换好家居服下楼的美娜。

美娜走过来说："可以两种都放上去吗？"

"当然可以！"我说。

"哦。"美娜说。

"可能是因为小区里什么多余的设施都没有吧，从前我觉得这里很棒。并不是城市或者乡村的问题，而是因为小区里没什么遮挡物，阳光不被遮挡，能直射下来，显得明亮又温暖。"小光没有停下来的意思。

我把视线从脸颊渐渐红起来的小光身上，落到盘子里点缀着青豆和虾仁的烧卖上。我实在不明白，那个女人为什么要问我有没有给孩子们零花儿？在请教过公营住宅的问题后，小光会向母亲讨要零花儿吗？小光此刻是在委婉地向我表达不满吗？可以向外婆倾诉，却不能和我说的不满。

"妈妈注意到周围的农田了吧？绿意盎然会带给人健康舒适的感觉，人们活在阳光和绿植带来的氛围中，就会感到平静舒心。特别是居住的地方，如果充满阳光和绿植的话，会人丁兴旺的吧。但是，这可能只是表象，人们真正想要的其实并不是阳光和绿植，而是人与人之间的交流互动。"小光还在说。

"你究竟在说什么啊？"我打断他的话，不，我是为了掩饰自己压抑不住的怒气才焦躁地开口，"你是为了得到家庭教师的青睐才故作聪明的吧？"

桌子旁瞬间变得一片死寂。这下糟了，我倒吸一口气，脑中一片混乱。

"哇，妈，这太令人尴尬了吧！"美娜发出尖锐的声音，倒是给了我一个台阶下。

"谁叫小光一直在说这么复杂难懂的话题啊！我脑子很笨，什么都听不懂。"我尽力挤出自然一些的笑容，"毕竟妈妈我才上了几天高中嘛！哈哈哈哈……"

小光手中的烧卖皮"啪"的一声掉到桌面上，接着，他沉默着站起来，走回自己的房间，最后传来轻轻的关门声。

"唉……"美娜拿起小光放下的勺子，夸张地叹了口气，"不愧是前'飙车族'，妈妈说话也太刻薄了。唉，小光正处于这个敏感的年纪，说不定就此闭门不出了。我不喜欢弟弟变得自闭，因为肯定会有电视台的人来采访他和他的家人，我才不愿意这样子上电视呢！"

"美娜你也太会开玩笑啦！剩下的烧卖就交给你了，我继续去做沙拉。"我说。

我到厨房洗了洗手，心想到底是说得太过分了，不如现在就去小光的房间跟他道歉吧。可转念一想，他以后要是闭门不出就闭门不出吧。我很清楚，当孩子不再出门时，身为母亲的我该怎么做。只需要把从前母亲对我做的那些事情，照搬过来用在自己孩子身上就可以了。

做一位母亲该做的事情，对于我来说实在是太简单了。我应该让我的母亲也看看，同样身为母亲的我，是怎么对待孩子的。

忽然，我感到似乎有人在看我。我一抬头，美娜就移开了视线。我的视线越过美娜的肩膀，看向阳台，心想："明天回家的时候，顺便去买几棵花苗吧。"

中学时代的我大部分时间待在家里。那个时候还没有特殊的称谓来称呼我们这样的孩子。我始终不知道自己为什么不能去学校。

父亲在我初一的时候离世了，为了参加葬礼，我向学校请了长假，这之后我就再也无法回学校继续上课了。学校大概是认为父亲的死给我带来了巨大的伤痛，并没有执意催促我回学校。我每天都待在家里，负责母亲和哥哥的一日三餐。哥哥放学后会去保龄球馆打工，晚上十点左右才回家。母亲在附近的医院从事行政工作，晚上还要骑自行车去对面的面包工厂做兼职。哥哥在家时对我不理不睬（应该说他对所有人都不理不睬），而母亲有时候会夸张地感谢我帮她做家务，有时候又会因为一点儿小事就流着泪指责我，怪罪我。总之，母亲只不过是把心里的不愉快一股脑儿地发泄在只有十几岁的女儿身上罢了。

这段时间的记忆我已经记不太清了。不过，我记得当时只要母亲开心，我就跟着开心，只要母亲哭着责备我，我就变得手足无措，惴惴不安。那时候的我还妄想着能够得到母亲的喜爱。

在淡薄的记忆中，那个我足不出户的房子里，阳光很少照耀进来，阴暗潮湿，却奇怪地让我感到舒适和安心。我的房间里，墙上剥落的海报的四周被阳光分割成明暗对比分明的四方形。

除了做家务之外，我大多数时间会待在房间里听音乐，看着空气中上下飘浮的灰尘。我有时候会揣着坏心眼，偷偷潜入哥哥的房间，寻找房里有没有日记、黄色书刊和女孩儿写来的情书，以及其他有可能成为哥哥的把柄的东西。但让我失望的是，我什么都没找到。我在摆满参考书和专业书籍的桌子上，以及收拾得整整齐齐的衣柜里翻来覆去地寻找，却怎么也找不到带有个人感情色彩的东西。不久后，哥哥渐渐觉察到了不对劲。

我下定决心，将来不管要露宿街头也好，还是去其他陌生的地方也罢，无论如何都要离开这个家。在十五岁那年的冬天，我的决心不再动摇。

那一天，一个似曾相识的老师和其他几个不认识的大人来到我家，与特地请了假的母亲在起居室里讨论着什么。虽然我完全不想与老师见面，可我非常想知道他们的聊天内容，于是蹑手蹑脚地走出房间，坐在楼梯上，凝神偷听着他们的对话。

从房门紧闭的起居室里，断断续续地传来升学、高中、出勤天数、朋友、社团活动之类的词语，紧接着又传来未来、医院、辅导、自律神经、病理等更加让人摸不着头脑的词语。这让我感到非常惶恐不安。难道我每天只待在家里做家务、看灰尘、等待母亲飘忽不定的嘉奖的生活方式，已经变成无法挽救的严重问题了？我害怕这一切再也无法挽回了。

我站了起来，一会儿决定无论能否挽回，我都要冲进起居室里和他们当面说清楚，一会儿又犹豫不决，迟迟不动身。上一秒决定要冲下去了，下一秒又退缩起来。我就像个傻瓜一样，在楼梯上反反复复地一会儿站起来，一会儿又坐回去。

就在我犹豫不决的时候，母亲尖锐凄厉的哭喊声传遍整座房子，我顿时吓得呆立不动了。

"一切全是我的过错！对不起，都是我不好！都是我的错！"母亲哭泣着咆哮，"那孩子会变成这样，一切全是我的过错！"

"咔叽咔叽咔叽……"尖锐物刮木头的刺耳声音突然不断传进我的耳中。后来我才发现，原来是我紧握住楼梯木头扶手的苍白的手指弄出来的声音。我握住扶手的手指微微颤抖着，指甲不断剐蹭到木头扶手，所以产生了奇怪的摩擦声。不仅是我的一只手，我全身都在不自觉地颤抖着。我的大脑清晰地告诉我，我不是因为恐惧而发抖，而是因为无法压抑的愤怒。

"绘里子妈妈，千万别再怪罪自己了。请振作点儿。"从起居室里传来几人的连声安慰，"这一切绝对不是你的错，请不要再责备自己了。"

"不！全是我的错！我该死，是我把她害成这样的！"母亲一边哭泣，一边高声叫道。

从那时候开始，我对母亲的厌恶达到了顶峰。

我瞬间恍然大悟，母亲哭着认错是为了不再承担责任，是为了让自己得到解脱。如果哭着请求原谅，在场的所有人便都会安慰她说"这不是你的错"，这么一来，母亲一个人就能得到救赎了。但对我来说，她的哭泣只会让我的所作所为成为罪过——不是能解决的问题，而是无法弥补的罪过。

当时站在昏暗的楼梯上的我，脑海里一片混乱。母亲向来都是这样的人，为了自己能得到解脱，说什么都可以。就算别人因此而受到伤害，陷入恐惧和退缩，甚至坠入绝望的深渊，她也不管不顾。

"我的婚姻是一场错误，我从来没有爱过你的父亲。你的父亲是一个差劲的男人，你和你的父亲真的很相似。"母亲没有经过大脑就直接说出口的话，当场将我击穿。类似这样一连串不顾别人感受的恶毒话语，从我的记忆里一句接一句地浮现出来。

这些令人恶心的往事一直烙印在我的脑海里。

"我本来只想生一个男孩儿，根本没打算再生一个女孩儿。还好有你哥哥在，你哥哥真的太棒了，你为什么不能学学他？"母亲对我说。

别说夸奖我了，就连我的存在都未曾得到过母亲的认可和肯定。对于我竟然能在这个对我只有否定的家里待三年，我感到很震惊。而和我同病相怜，同样被家人否定的父亲早已离世。即使三年来我足不出户，也依旧找不到自己的归属。

十五岁的我想，如果不尽快离开这个家，不，如果不尽快找到一块属于我的地方，我可能会忍不住杀了那个女人。

后来我总算顺利地上了高中，但高中学校里也没有一块属于我的地方。不知道是谁传出来的，我初中时期整天待在家里的事情被全校师生得知，同学们老是合伙欺负我，还给我起了"懦弱子"的绰号。就这样，我沉迷于组建属于自己的家庭的幻想中，度过了高中三年。

在仿佛与世隔绝、没有容身之处的六年间，我的内心一直存在一个无法填补的巨大黑洞，每当我窥探洞口，就会听到那天母亲哭喊的声音。那是一个母亲为了洗脱自己的罪责而让手无寸铁的女儿背负罪名和责任的哭喊声。

我曾经情绪激动地指责母亲："你失去了当母亲的资格。我没能去学校上课，的的确确是你的责任。"母亲哭着对我说："只要你也当上母亲，就能体会到我的心情。"可实际上，等我后来有了自己的孩子，还是无法完全理解母亲的心情，我能确定她不配当一个母亲。

理由很简单。一位母亲的责任就是爱护孩子，给予孩子肯定和精心的培养，隔绝外界无来由的憎恨和恶意，让孩子学习如何"从善"，不让孩子触碰到绝望和逃避，给孩子创造一个良好的成长环境。做到这样其实非常简单。一想到这个女人连这些都做不到，甚至连一丝努力都不去付出，我就更加坚定地认为她没有资格去拥有一个家庭。每每想到这一点，我对她的恨意就增多一些。

我让刚才帮我准备晚餐的美娜去叫小光过来一起吃饭。原以为小光会不愿意出来，但他还是若无其事地从房间里走出来，坐到了自己的位置上。美娜和小光吵着到底是看东京巨人队对中日龙队的职业棒球赛，还是看整容手术主题的纪录片，在一旁争论了几分钟，最后电视上播放的是棒球比赛。

"小光……"装作无事发生过的我从冰箱里拿出气泡酒。

"什么事？"小光盯着电视屏幕问。

"你的零花儿还够吗？"我小心翼翼地问他。

"嗯？"小光下一秒用严肃的表情看了我一眼，又把视线转移回电视画面上，"多多益善啊，你要是给我的话，我肯定很乐意地收下。"

"这不公平！我也要增加点儿零花儿！"在一旁的美娜插嘴道。

"喂，姐姐！不要在我耳边这么大声地说话！"小光很不满。

我的老公也不清楚我十八岁前的事情。直到在打工的乌冬面馆里被人叫出从前的绰号之前，连我自己都几乎忘记了这一切。当在面馆里打工的粗心女孩儿叫出那个禁忌的绰号时，我真的吓了一跳。听说她的母亲是我高中时期高一届的学姐，我不禁一时语塞，原来那时候的我在学校里竟然那么有名。但幸好这个来打工的年轻女孩儿只知道这个绰号而并不知道具体来历。每当她喊我"懦弱子"时，虽然知道她没有恶意，但我还是浑身不舒服，后背流冷汗。所以当我知道她要辞职时，我从心底里松了一口气。

"妈妈，你在看什么？难道玻璃窗上有什么古怪的现象？"美娜的声音让我回过神来。

我像一个无能为力的初中生那样，盯着玻璃窗上缓慢地上下飘浮的灰尘，说："对了，最近下雨天太多了，家里的花都枯萎了，明天我要去买新的花苗。美娜，你也陪我一起去吧，明天我们在'探索购物中心'里见面。"

母亲跟我提及孩子们的零花儿和小光的事情，难道是想对我的家庭横插一脚，破坏我自己建立的家？这个想法涌上心头，我不禁毛骨悚然起来。

　　下午两点半，我提前结束乌冬面馆的工作，按照母亲昨天说的买好一堆东西，准备送到她家去。今天从起床的时候起，雨就一直淅淅沥沥地下个不停，直到现在，雨势也没有减弱。我一只手打着伞，一只手提着超市塑料袋等公交车。从伞上滴落下来的雨滴，打湿了我的头发和身上的对襟毛衣的后背。袋子里装有糯米、牛蒡、大葱、猪肉、胡萝卜、笋和青梅等，加起来足足一公斤重，都快要装不下了，还凹凸不平，非常不好拿。那个女人让我买这么多东西，该不会是想要整我吧？

　　沉重的超市塑料袋还把我的手勒得生疼，我刚想换左手去拿，却不小心把伞弄掉了。花朵图案的雨伞一路沿着潮湿的灰色人行道旋转远去，我突然很想在大雨中放声大哭。

　　我到底在做什么啊？我每天认真地记账，准确无误地记录下每天的家庭开销，计算着如何才能收支平衡，根据情况调整我的打工时间。可是我今天居然为了一个我诅咒她赶紧去死的女人，特意提早结束打工，买好她要的东西再送货上门，还要听她的无端抱怨去浪费我的时间，最后还要紧赶慢赶地回到自己家里准备晚餐！

我原本可以无视她电话里的要求，可我今天还是全部照做了，因为我无法彻底从她的控制中逃脱出去。我不想因为我对她的无视和拒绝，反倒让我再次承受恶意和憎恶……

"阿姨，你的雨伞……"穿着校服的小学生抬起头，怯生生地看着我说。

我挤出亲切的笑容，捡起雨伞重新举到头上。聚集在伞内层的雨水顺着伞柄滴落下来，打湿了我的手、手腕和胳膊肘。小学生时不时偷看我一眼，而公交车迟迟不来。不知为何我产生了一种错觉，仿佛我应该抱着塞满东西的凹凸不平的塑料袋，就这样一直地、永远地站在这里被雨水打湿。

明明和美娜约好了下午四点半在"探索购物中心"里的"诚启堂书店"见面，但我在她爱去的杂志和写真集区域徘徊寻找了好几回，还是不见她的身影。和美娜一样染着黄褐色头发，穿着迷你裙的女孩儿像周围的商品那样多，唯独美娜本人还没来。廉价的脂粉味、香水味，还有巧克力和香草奶昔的气味，全混合在一起，潮湿难闻，简直让人无法呼吸。就在三十分钟前，我刚离开母亲的家，她的起居室中同样飘浮着一股潮湿难闻的气味。而当我意识到那气味是来源于我身上时，顿时恶心得不得了。

等到四点五十分，美娜依然没有出现，我只好不再浪费时间。我走进鲜花卖场，里面不见其他客人。我叫店员帮忙挑选了几盆耐雨淋的花苗，打算摆放在家里的阳台上。店员说可以送货上门，但我还是决定自己提回家，因为我想马上把阳台布置得美丽耀眼。最后店员把沉甸甸的三盆花苗装进塑料袋，我勉强撑起雨伞，提着袋子快步冲到公交车站。快，快，快！快一点儿！要不然赶不及在小光和美娜回家前提早一步回家了。

等我好不容易匆忙赶回家的时候，时间已经接近下午六点了，但是除了我，其余人一个都没回来，家里寂静一片。这时候我已经累得恨不得在玄关脱下鞋子,直接躺在地上。

我拖着三大袋花苗,步伐沉重地经过客厅,在浴室里脱下被汗水和雨水弄湿的衬衫和毛衣,换上家居服,然后又来到客厅。在查看过有无电话留言后,我从冰箱里拿出气泡酒,边喝边把花苗袋子提到了阳台上。我把枯萎的小雏菊和郁金香扔进垃圾袋,再把刚买回来的花苗埋进木箱子里。倾盆而下的雨水打湿了我的脸颊和胳膊,可我依旧不管不顾,继续摆弄花苗。我将粉白色的矮牵牛和紫色的马鞭草排在一起,连同花苗自带的育苗袋也埋进花盆里,然后在外侧装饰了深紫色的紫罗兰。我果断地扔掉枯萎的风铃草,换上开着蓝色小花的勿忘我。

我记得几年前也栽种过勿忘我。那时候听说勿忘我、小雏菊和圣诞玫瑰每年都能抽发新的花芽,所以反复种了好多次。但是不知道是环境不合适,还是我的技术太差,种下的第二年,很少有花能够再次开花。我只好反反复复每年都扔掉枯萎的花苗,换上新的种下去。有时候我甚至怀疑自己去乌冬面馆打工，可能就是为了能在阳台上栽种各种花卉，毕竟我不能忍受阳台总是空荡荡的。

昨天的阳台还充满了破败阴沉的气氛，但在今天换上几种新的花卉后，一下子变得色彩斑斓起来。无论是从家里的客厅、厨房，还是室外，都能欣赏到这个色彩缤纷、充满治愈力的花园般的阳台。汗水不断地从脸上滴落下来，我刚换的家居服已经被汗水和雨水弄湿了，黏糊糊地贴在身上。但是，当我布置好阳台后站起来一看，被美丽的鲜花装扮一新的阳台，在沉闷的空气中，有着一股华丽非凡的气质。

"啊，这样就没问题了。得救了。"我点点头说，随即收拾好垃圾袋，拿着喝剩下的气泡酒返回厨房。

正当我打开冰箱查看里面的食物时，突然飘来了一股甜腻的味道。不是花香味，不是雨水味，不是美娜爱吃的那种点心的味道，也不是衣服上散发的柔顺剂的味道。是陌生的味道，是不属于我们家的味道。

"小光？"我走出厨房，朝着小光的房间走去。

"小光，你在房间里吗？今天北野老师是不是来家里了？"我边敲小光的房门边问道。

但里头没有动静，于是我旋开门锁。

小光还没回家，房间里也没有人。里面的物品整理得井井有条，书桌上放着电脑，书架上放着飞机、人偶和塑料汽车模型。小光房间里的物品放置和平时一样，但是，那股在厨房闻到过的甜腻味道也出现在了这个房间里，而且更加浓郁。

"原来都不在家啊。"我自言自语着。

我握住门把手，迟迟不将房门关上，趁此机会，我的眼珠不停地转悠着，想要在房间里发现些特殊之处。

突然，我的背部像被电击了一样，颤抖起来。这个房间不对劲！表面上和平时没什么两样，可是此时小光没回家，北野老师也不在，房间里却弥漫着北野老师的香水味，越发显得有什么地方不对劲。我掀开、翻动房间里的被套和枕头，用鼻子闻嗅着床上的味道，拉开衣柜门，从头到尾查看一番，打开书桌的抽屉，快速地翻动里面的笔记本，翻开挂在挂钩上的书包，闻闻里头的味道，仔仔细细地检查一切。最后我抬头看见墙上的挂历，上面有用红色记号笔圈住的日期，我目不转睛地盯着想了很久，搞不清那个日期的意义。

温热的汗水从湿漉漉的头发中缓缓流到我的脸颊上。

这时，玄关处传来开门声，我迅速关上门，赶紧回到厨房。原来是美娜回家了。

"你回来了。但是小光还没回家呢。"我说。

"哦，妈妈，对不起，让你白等我了。今天临时约了班上的女同学，放学后一起去买少女用品了。早知道还不如和你汇合呢，我对少女用品一点儿兴趣都没有啊！"美娜自顾自地说着，却没瞧我一眼，径自走回了房间。

"美娜，小光有没有提前和你说过他会晚回家啊？这么晚了他还没回来。"我站在美娜的房门外问。

"这没什么啊！他常常很晚才回家啊！其实也不是常常，只是偶尔而已啦！"美娜含混不清的声音从房间里传出来。

"你昨晚不是和小光聊了一会儿吗？他有没有提及什么事？有没有说今天是什么特殊的日子？"我继续追问。

换好 T 恤和牛仔裤的美娜打开房门："什么意思？奇怪呀，他没说什么。今天是什么特殊的日子吗？"说完后，美娜一脸不耐烦地从我身边溜走，过了一会儿，客厅里传来新闻播报的声音。

到晚上十一点多，小光仍然没回家。可是，不论是十点多才回到家的老公，还是美娜，都好像完全不担心小光似的。美娜坐在餐桌旁看漫画书，老公坐在沙发上，边喝气泡酒边看电视。

"小光十四岁了，算是个男人了，而且他还很独立，晚上出去玩玩也没什么问题吧。"老公一脸轻松，用遥控器不停地调整频道，"他要是只想着待在家里，不出去玩的话，才让人担心呢！你就不要担心他了！"

"什么？'懦弱子'？"我忍不住叫了一声。美娜闻言抬头看了我一眼。

"你说什么啊？"老公笑着说，等电视画面里出现比基尼女郎时，他马上停止换台，"不用担心！"

"美娜，你和北野老师挺聊得来的，对吧？"我灵机一动，"你有没有北野老师的手机号码？"

这时候，不知为何，老公忽然用严肃的神情看着我们。

"我怎么会知道啊？我们只是在小光上家教课的时候稍微聊了一会儿，我也不知道她的手机号码。对了，不想这种事情再发生在我们身上的话，给我们买手机带出门吧！最好是可以拍照的手机。"美娜"哗啦啦"地翻着漫画书。

"你在干什么呢？"我转头和直盯着我的老公四目相对。

"今天家庭教师来过家里吗？"他问。

"有啊，刚才不是说了吗？真是的，老公你怎么老是心不在焉的啊！"我说。

"哎呀，妈妈你也太烦人了！你可以翻翻小光的通讯录，打电话给他的同学问问啊！电视上报道过，在这种情况下应该询问他的班主任和同学朋友，而不是问家庭教师！再说了，小光也没几个好朋友，说不定他现在正哭丧着脸，在夜晚的街上乱逛呢。"美娜说。

"你要干什么？"我叫住手里还拿着遥控器，正准备离开的老公。

"哦哦，我突然想起来，要把文件拿回房间。"老公说。

小光的班级同学通讯录放在哪里了？我打开橱柜的抽屉，在一堆外卖宣传单中翻找着。突然，我意识到就算翻开小光的通讯录，我也完全不知道他的好朋友是谁。除了北野老师，小光从来没有提起过其他人的名字。美娜倒是讲过几个名字，比如木村花和森崎。现在我一时也想不起来小光的班主任的名字。

难道小光没有朋友？我手里紧紧捏着比萨和中餐厅的外卖宣传单，动了动呆滞的眼睛，随后将外卖宣传单扔到地上，跑去卧室。我悄悄地来到留有一道门缝儿的房门前，往里面窥探。不出所料，老公正坐在床上打电话。

"小贵！"我喊出他的名字，他吓得整个人跳了起来，手机都掉到了地上。

"你是不是知道小光在哪里？快告诉我吧！"我说。

"不……不是，那……那个……我不知道……"他支支吾吾地说。

我和老公之间隔着床铺，彼此静静地对望着。老公上一秒看着我，下一秒看向天花板，接着又看看地板，视线不停地转移。他把手插进裤袋，接着又把手拿出来。

"说实话，真的很难说出口。不，真的……真的很抱歉！"他像个演员似的，为难地用手抓握头发。他吞吞吐吐地把话说出口，脸上却渐渐露出轻松和解脱的表情。

我曾经见过这个表情！

"其实我破坏了我们坦诚相待的家规。"在老公的脸上，我看见"全部讲出来就轻松了"的表情。

他和那个看起来傻乎乎的女家庭教师发生了什么吗？难道他和自己儿子的家庭教师勾搭在一起了？不过我并不在意这些！老公却一脸痛苦地想要坦白一切。

只要实话实说，把秘密全部讲出来，他就能得到解脱，就能轻松地卸下担子。最后，剩下的罪恶、痛苦、烦恼、羞耻和悔恨将通通转移到我身上。这么一来，如果小光出事了，他就能减轻自己的罪责，就算我被他说出口的话狠狠地打击、伤害到了，这家伙也能置身事外。

"你太狡猾了！"我大喊，"你只会说些没经过大脑的话，然后轻松地卸下罪责！"我眼中全是泪水，看不清站在对面的老公的表情。

"我不要听你那些无聊的坦白，我只想你能告诉我小光现在在哪里！"我拼命装出冷静的态度，但我自己也清楚此时我的声音在颤抖。

是我定下我们家坦诚相待的家规的，为的就是我们家里不会再出现母亲家中出现过的，我所经受过的令人深感羞耻和厌恶的不体面的事情。我希望我们家不会变得悲惨。所以我向家庭成员们反复提议，不管是什么事，都要说出来，大家一起讨论。然而我的老公和我的母亲一样，只想着把隐藏在心底的事情特意说出来，从而获得解脱。他并不是为了遵守我们坦诚相待的家规，而是为了保护自己。

"不是不是，是那个女人，是她骚扰我，缠住我不放的！真的！"他辩解道。

原本吞吞吐吐、含糊其词的老公，突然闭上了嘴巴。我顺着他的视线回头一看，只见美娜站在我们房间的门口。

美娜扬了扬眉毛，脸上露出滑稽讽刺的表情，说："我肚子有点儿饿了，想去一趟便利店。妈妈，你需要买什么吗？"

"不要了，我怕发胖。"我装作平静地说。

美娜一言不发地离开了，几秒后从玄关处传来关门的声音。我和老公都没有打算把晚上十二点还出门的女儿叫回来，只是茫然地看着对方。老公的眼睛里没有生气，不用照镜子我也知道，我的眼里同样黯淡无光吧。

"电话好像响了。"老公说。客厅里的电话确实是响了，我匆忙跑过去，拿起电话接听。

"小光？是小光吗？"我急忙问。

"是我。"母亲半梦半醒的声音像液体一样从听筒里渗出来，"不好意思，这么晚了还打电话给你。"

"您有什么事吗？"我忽然觉得身上的力气被全部抽空了。

"我梦见你上初中的时候，不，可能是上高中的时候，突然有一天，你和我们说家里从来没人祝你生日快乐，然后哇哇大哭起来。你还记得吗？你还说，我总会给哥哥庆祝生日，却从来不对你说'生日快乐'。我真的梦见了那时候的情景呢！你老爱和哥哥比较，可是说实话，我并没有偏心。记得那时，你听到后还大哭了一场。"母亲像嘴里含着口香糖一样，含混不清却又滔滔不绝地说出了一大段话。

一时间，我还以为她得了痴呆。不，应该没有这回事。她只是和平时一样，每当想到什么事情，就不管时间和场合，特意打电话把事情通通说出来。

"抱歉，我正在忙，没时间听您回忆从前的事。"我说。

"哎呀，对不起啦，这么晚了还打电话给你。我做了噩梦，也很不舒服。对了，今天是不是十八号了？我刚才躺在床上，像有人和我说，如果我不和绘里子说'生日快乐'的话，她就会生气呢。所以我索性戴上假牙，趁时间来得及，赶紧打电话给你。"母亲说。

十八号？我的脑海里浮现出小光墙上的挂历里用红笔圈起来的日期。我完全忘记了，原来十八号是我的生日啊。

"生日快乐！"母亲突然在听筒那端大喊，"这样我总算能安稳地睡觉了。好了好了，打扰你了，对不起啦！"母亲夸张地说。

我顿时呆住了，直到听筒里传来"嘟嘟嘟"的声音后才挂断电话。

我站在原地，环视房间，客厅兼餐厅的区域收拾得井井有条，打扫得干干净净。墙上的挂画、摆放的观叶植物、台灯和CD架都显示出装饰者的品位。一起打工的同事来到家里后，也夸赞这里就像杂志上会出现的那种房间。美娜的男朋友也曾说，他的家和这里相比，简直太寒酸太简陋了。没错，这里的一切全是我费尽心思整理装扮起来的。为了我和我的家人，为了光辉灿烂的未来，为了充满光明的现在而打造的我的家。

我看了看墙上的时钟，再过一两分钟就到十二点了。我猜想，在十一点五十九分的时候，老公、美娜和小光会从走道处突然跑出来，手上各自拿着礼物和蛋糕。他们一定是知道我老是忘记自己的生日，特意为我庆祝，偷偷准备着惊喜。

"妈妈一直能记住我们的生日，却总是忘记自己的生日。"

"爸爸，这叫什么？"

"这叫惊喜派对啊！"

"真的吗？你们为了买礼物花了多少钱？省了好多零花儿吧？"

"爸爸，你准备的礼物呢？"

"嘘，你们声音太大了，妈妈会听到的。"

今年肯定是小光想出了这么棒的主意，他一定是这场生日惊喜派对的策划队长。说不定北野老师也参与进来了呢，到时候要好好感谢她一番。如果是这样的话，刚才老公的演技也太逼真了。

我目不转睛地盯着时钟。秒针悄无声息地前进，分针转眼间指向五十九分，接着快乐地滑到零时零分的位置。

这时，客厅里一片寂静。其他房间的门都敞开着，却听不见任何声响。美娜、小光和老公，一个都没出现。异常安静的房间里，只能听见雨滴落下的声音。沾满雨水的落地玻璃窗外面，不同颜色、形态各异的大小花朵沐浴着雨滴，灿烂地绽放着。

格子拼布

听说人在将死的那一刻，自己度过的人生会像走马灯一样，从眼前一一闪过。这是真的吗？最近，我开始觉得这并不是骗人的。大限将至时，储存在内心最深处的被蒙上灰尘的久远记忆如同默片一样，安静地播放着。

服务员恭恭敬敬递上来的餐盘中，装的是豆酥烤海鳗和芥末烧鸭胸。这个服务员无论怎么看都像个高中生，估计是来打工的吧。不知道是因为太紧张还是太生疏，他不仅把餐碟摆放的位置搞反了，而且手不停地发抖，连茶水都洒出来了呢！就算再怎么装模作样，这里终归只是乡下的购物中心而已。自从五十岁时装了半口假牙后，无论吃什么食物，我都觉得索然无味。原本我的牙齿很坚固很健康，但生完孩子后突然就变得松垮脆弱了。虽然我一直在坚持治疗牙齿，但五十岁应该就是我牙齿健康的转折点吧。

哎呀，我又想唠叨关于大限将至的事情了。

为什么我会说这些呢？因为最近每晚入睡前，闭上眼睛后，我总会看见一个场景，那是我两岁或是三岁时的记忆。

那一定是我所能记得的人生中最早的记忆。

那是个台风天，不断落下的豆大雨滴淋湿了铁皮小屋里的旧榻榻米。典子用毛巾被将还是婴儿的悦子裹起来，像背洋娃娃那样背在身上，躲在一个不会被雨水淋到的地方，安静地待着。而我只要发现屋内有雨水滴落下来了，就会马上喊母亲拿锅碗瓢盆接住雨水。当时，父亲担心铁皮屋顶会被吹翻，便拿着榔头爬上了屋顶。正当我抬头看时，屋顶"砰"的一声飞出去了，不可思议的是，头顶上方竟是一片澄澈明亮的星空。那片星空并不像现在的这样只有稀稀拉拉的几颗星星，而是繁星点点，璀璨耀眼。

我的记忆到此为止了。记忆不是像电影那般行云流水地播放，而是像闪光灯似的，一个片段一个片段地浮现。我的记忆到屋顶飞走时便戛然而止了。

我非常想知道事情的后续是怎样的。飞走的屋顶呢？"爱哭鬼"典子哭了吗？被人背在身上的悦子睡着了吗？妈妈说了什么？屋顶上的爸爸有平安归来吗？我穿的是什么样的衣服？心里在想什么呢？

可是，让人无奈的是，我从未记起过事情的后续。老实说，最近我不再害怕死亡这件事了。这可不是我嘴硬啊！我想着，如果临死前能够看到人生的走马灯的话，说不定也能看见爸爸、妈妈、襁褓中的悦子、还是个小学生的典子，以及大家在一起说说笑笑的身影。如果能一边看见他们一边死去，那么我一点儿都不会感觉惧怕。

牧野这个老头儿还安慰我说："你还很年轻呢。"实际上，我的家族似乎有早死的基因。典子五十岁出头就离世了，悦子走的时候还不到五十岁。等到友也和绘里子也都各自成家并搬出去住后，我常常会在睡前边哭边想起典子和悦子的音容笑貌。可是最近，我的想法改变了。她们两人在离世前一定各自看着自己记忆中最老旧的景象。不知道她们看见的是一家五口在一起吃饭呢，还是和母亲手牵着手一起寻找父亲的那个夜晚呢？不过，她们一定是一边看着默片般的人生走马灯，一边慢慢死去的。

下单的天妇罗被端上来了，每一枚都是刚好一口的大小，难怪这家店有这么多老年人光顾。其实我更希望能够痛快地大口大口地吃炸樱花虾和炸牡蛎。这家餐厅的其他菜肴也很不错，炸芦笋做得柔软多汁。

我早就知道，自己一旦开口说话便会惹人讨厌，所以从不和朋友们一起尽情地说笑打闹，也不愿成为人群中备受瞩目的焦点。而悦子和我相反，她身边总是围绕着一群朋友，可以一起尽情地说笑。以前的我完全没意识到这一点，老爱开口讲话，也经常得罪人，后来渐渐被人讨厌了。再后来，除了家里和工作上的事情，我把学生时代其余的记忆忘得一干二净。因为我认为，假如一份记忆中没有其他人的存在，那么这份记忆将不会成立。那个台风天，如果只有我一个人害怕到发抖的话，就不会形成记忆并留在我的脑海里了。

最近我学会了保持沉默，只要一直沉默不语的话，就会给人一种有教养、品质好的印象。事实上，会有人因为我沉默不语而请我吃饭。虽然不言不语有点儿无聊，但好过讨人厌吧。只要心里暗自想点儿事情，便不会感到无聊了，比如想想临死前看到的景象、悦子离世前的往事。

请我吃饭的老头儿也同样沉默寡言。和他四目相对时，他会羞涩地笑笑，小声称赞食物好吃。原先我还兴高采烈地期待他带我去高级的怀石料理餐厅，谁知道最后去的不过是"探索购物中心"里的一家普通餐馆。我很失望，我更想去电视上报道的那种要排长长的队伍才能吃到的名店吃饭，比如自助餐厅啦，限量一百份的店啦，有高级厨师坐镇的特色餐厅啦，等等五花八门的地方。

这个大而无当的"探索购物中心"害得我的生活发生了极大的变化。附近的山坡被一座座推平，鳞次栉比地建起新房子，新居民大量涌入。我家附近的老年人比我想象的还要多，老头儿和老太太们组成了不少老人社团和义工队伍，他们还会定期搞活动。除了合唱社团和拼布社团有很多人感兴趣以外，像社区清扫、巡逻检查垃圾分类的情况、照顾本地的小学生等杂事，都得分配人手轮流做才行。那些没有工作，全靠养老金生活的老年人们，一个个装年轻，整天打扮得花枝招展的，真是太可笑了！但不管怎么说，我也希望自己生活的社区不是一潭死水。

附近一带的老住户，连邻居家厨房里味噌放在哪儿，是白味噌还是红味噌，全都了如指掌，真让人窒息。反正我也讨人嫌，所以很少和他们来往。

我本来以为吃不下了，但是最后上的蒸饭太好吃了，我一下子吃了个精光。蒸的海胆饭、鲷鱼饭和鳗鱼饭正好各一小口。榆本先生不吃海胆，便把海胆剩在餐碟里了。我觉得太可惜了，就偷偷瞄了几眼，他竟然问我要不要吃。我心想，一个人无论怎样都不能吃陌生人吃剩下的食物吧。

今天这顿是榆本先生请的。虽然我早就知道他会负责买单，但我还是露出一副感激的表情，夸张地感谢了他一番。我又偷偷看了一眼收银机，上面显示两个人的餐费合计还不到一万日元。什么嘛，意外地便宜啊。下次告诉绘里子，让她带美娜和小光来这里吃饭吧，他们老爱吃汉堡包这样的快餐，电视上说孩童时代吃太多这样的食品会影响味觉发育。

"啊，真是太好吃了！好久没吃到过这么美味的食物了！"我不断地跟榆本先生道谢。

榆本先生涨红了脸，扭头看向另一侧。

"下次我们一起去吃鱼翅吧！我知道有一家专做鱼翅的店。"榆本先生一边念经似的嘟囔着，一边径自快速走进电梯。

刚才吃饭时，我们两个人都安静不语，我还以为我俩的接触可能就到此为止了。没想到餐后他竟然邀请我下次去吃鱼翅。虽然还要继续应付这个老头儿有点儿烦人，不过我真的很想尝尝鱼翅是什么味道呢！

"鱼翅吗？好啊，不知多久没吃了。"我含蓄地笑了笑。

榆本先生跟着笑起来，还低声邀请我一起去喝茶。我骗他说家里有事，要先离开，然后赶紧快步朝着公交车站走去。我怕他跟着我上公交车，所以故意走得非常快，到达公交车站时，我早已大汗淋漓，差点儿没喘过气来。

榆本先生住的房子是新建的，上次刚好轮到我和他一起打扫。他说他从前是在一家规模相当大的公司里工作，后来太太早逝，又没留下孩子，他退休后就用存的钱买了新房子。话这么少的人能在大公司里上班吗？原以为刚才吃饭的时候他会谈谈自己的故事，谁知道他全程说出口的话也没几句。这样也好，反正我也不想说自己的私事。

对面车站正在进站的公交车，好像会经过绘里子家所在的小区。突然，我产生了"去绘里子家看看吧"的念头，不过最后还是放弃了。附近一带的公交车线路相当复杂，好几次我以为能够去到绘里子的家，可是到达的却是陌生的小区。

就算去问别人路线，也是自讨没趣。有时候运气好，遇到公交公司的工作人员，询问对方去"格兰城市公馆"要乘坐哪辆车，结果我话都还没说完，他就跑去电脑那里查询公交线路网了。太看不起我了吧！虽然看他们只要在屏幕上点点按按就会有信息弹出来，可我就是不会用才跑去问他们的呀！当时我真想说一句："你们还不如电脑呢！"

只熟悉回家的公交车和电车线路的我，最后还是乖乖地回家了。

虽然我在车站的超市里买了八折的生鱼片，但到了晚上七点，肚子还是一点儿都不饿。下午的每道菜看起来都只有一口大小，但是总体分量还真不少。最后我把生鱼片用酱油腌渍起来，晚餐只吃了一碗茶泡饭。我一边喝茶一边看电视，听着从挡雨板的缝隙处传来的阵阵蛙鸣声，那声音仿佛在诉说着不甘。

榆本先生这次请我吃饭，又说下次带我去吃鱼翅，他接近我，究竟有什么企图？该不会是想和我这个年纪的老太婆交往吧？就算交往了，我们这个年纪也看不到未来啊，至多不就是日后生病时相互有个照应吗？

真没意思啊！

单独和榆本先生一起吃饭时，不知为何让我想起那个男人。那个男人和榆本先生一点儿都不像，他性情开朗，说话干脆直白，吃相和喝相都很豪爽，笑声低沉厚实。可是最近，我想不起来那个男人的脸是什么样子了。这也是没办法的事，毕竟我没有他的照片。从前的我还能记起来他年轻时候的模样——浓密的眉毛、温柔的眼睛和笔挺的鼻梁。可是现在的我把回忆东拼西凑，浮现出来的竟然是我儿子友也的脸。友也不是那个男人的孩子，两人当然长得一点儿都不像。

当我想要重新回忆起那个男人的样貌的时候，眼前出现的却又是那个台风天的景象。

那时候家里的茶几和矮桌黑得发亮，金色的脸盆在昏暗中异常显眼。周围是不绝于耳的水声。不知道从哪儿灌进来的冷风发出类似孩童哭泣的声音。典子脚底下是湿透了的榻榻米，腋下汗津津的，她一脸担心地看着屋顶，小婴儿悦子就趴在典子的背上睡觉。母亲把布巾裹在头上，身材高大的父亲把屋顶踩得嘎吱作响。

我一生的回忆也就只是这样吗？曾经遇见深爱的男人，经历过贫穷困难的境遇，花费难以置信的漫长时间养育儿女，其中有辛苦，也有喜悦，有存于心头未曾散去的懊悔和愤怒，也有数不尽的哭泣和欢笑。尽管如此，当我的人生即将到达尽头，闭上眼睛时，想起的却只有那个台风天吗？

外面"咻咻咻"的风声越来越猛烈，铁皮屋顶竟然被吹飞了。啊，我困得快要睡着了。

"您的话题……"最近绘里子说话的语气太端着了，可能是在打工的地方学的，"好像只有电视和报纸上的报道啊。您的世界里只剩下电视和报纸了，太可怜了。"她在我面前坐下，呆呆地看着佛龛说。

"我觉得一点儿都不可怜。电视上说，那个孩子居然住在另一个素不相识的孩子的家里，在那之前，两人就只通过电话联系，根本没见过面。而且一两个月了都没回过自己原来的家。素未谋面的两个人，是不能顺利地生活在一起的。可最近的孩子完全不同，他们就算住在一起，也根本不和对方见面。一个孩子白天在超市打工，另一个孩子在录像店上夜班。"我一边把绘里子买来的冰激凌装进碗里，一边说。

我没吃过这个牌子的冰激凌。绘里子每次来我家时都会给我带茶点，她一直都这么细心。而且她从小就很能干，做饭和打扫房间什么的全都无师自通。我这个做母亲的反倒要常常依赖她，心里对她有不少愧疚。

绘里子上中学时，明明只要提前一天通知我第二天要带便当就可以了，她却喜欢提前一到两周就嘱咐我。但我常常会在要带便当的当天忘记这回事。记得绘里子上初中时的一天，她回家的时候已饿了一天肚子，却若无其事地说那天其实是要带便当的。这孩子总是满脸笑容，一定是我粗心大意惹她不高兴了，她才哭着大发脾气的。在家里的她真是受尽委屈了。

我想过许多次，如果时间能够倒流，回到过去的话该多好。可是我要回到哪个时间点才能顺利地重新开始呢？每每想到这里，我就无法继续思考下去了。

"那就继续刚才的话题吧。"我端着用碗装好的冰激凌走出来，绘里子正望着院子发呆。院子里杂草丛生，已经好久没打理了。

"那个孩子突然不见了，可是孩子的父母却没什么行动。电视台采访他们的时候，他们说每天一定会和孩子通一次电话，一直相信孩子不会有事的。'相信'？这能叫相信吗？真的没问题吗？"我说。

"您到底想说些什么？"绘里子把视线从院子里转回来，看着我问。

"我告诉您，我们家不会发生孩子一声不吭就离家出走的事，我们家里是没有秘密的。您不要把电视和报纸上的故事当成全世界都会发生的好吗？每个家庭的情况都不一样，我们家是我们家，别人家出现情况 A，我家可能是情况 B。您明明什么都不知道，还对我们家的事指手画脚的……"绘里子语速极快地说。

绘里子是个温和的孩子啊，怎么现在说出来的却是些愤愤不平的话语呢？我连忙闭紧嘴巴，咽下差点儿脱口而出的感想。如果不小心说出来了，这孩子肯定会气得要跳起来。算了，别多嘴了。

"哎呀，这个冰激凌真好吃，你也尝尝吧。"绘里子还像个孩子似的，用勺子小口小口地吃着冰激凌。这时候电话响起来了，我看了绘里子一眼，拿起电话接听。

如果是榆本先生打来的电话的话，也太不合时宜了吧。结果听筒里传来的是陌生男人的声音。他跟我说了一些莫名其妙的事情，我一时之间不知该怎样应答。陌生男人又把话重复了一遍，跟最近医生和我说话时的语气和方式一模一样，像对待孩童似的，把话分成一段一段的，还特意提高了音量。

为了不让绘里子听到陌生男人可笑的声音，我走到走廊上。我只能从男人说的话里反复猜测他的意图。

挂了电话，我回到客厅，绘里子正准备离开，她冷冷地说要回家做晚饭了。

我连忙说："啊，我刚好也要出门，和你一起出门吧！你等我五分钟。"此时，不知为何，绘里子露出一副像不知所措的孩子似的表情。

好久没和绘里子一起并肩坐在公交车上了。窗外的田野还没有染上暮色，草木充满生机地随风摇曳着。"不知道为什么，我突然想起来……"我对坐在窗边发呆的绘里子说。

"什么事？"绘里子皱着眉头，不耐烦地说。

"以前'探索购物中心'还没建起来的时候，我们不是经常搭公交车和电车下馆子吗？比如说去'狮子料理亭'和'常寿司店'。"我说。

当时绘里子在上初中，友也在上高中，每当工厂发了全勤奖，我就带着他们一起搭公交车和电车下馆子。友也会把座位让给我们，我和绘里子并排坐在一起看向窗外。

但是绘里子却说："那是什么时候的事？您在胡说什么？我不记得我曾经和您一起下过馆子。"她说得太理直气壮了，害得我在那一瞬间对自己的记忆产生了怀疑，担心自己是不是患上了痴呆。我在面包工厂里干活儿时，想着大家能一起下馆子就太好了，难道这只是我的幻想？想得太多让我误以为是记忆了吗？

我们不是一起去过"狮子料理亭"吗？你不是说很喜欢他们家的奶油可乐饼吗？你不是说过"常寿司店"里那个年轻的寿司师傅长得很像明星吗？

我不敢再细问绘里子，如果对方斩钉截铁地说从来没有过这回事，我该怎么办呢？

"小光最近好吗？"我换了一个话题。

"他很好，没什么问题。"原本看向窗外的绘里子猛地转过头来看着我说，"小光太安分守己了，我才更担心呢！他学习成绩好，运动也积极。他有很多朋友，还常常和我们谈天说地。妈，您老是提起小光，是不是发现了什么不对劲的地方？"绘里子竟然这么反问我。

"有什么不对劲的地方……"我好不容易把原来快到嗓子眼儿的话咽了回去。

"没有没有，我是觉得小光和友也长得太像了。"我换成讨好的话糊弄过去，还笑了笑。

接下来，不管我怎么开始新的话题，绘里子都板着脸，再也没有开口说过一句话。没办法，我只好默默地打算在下一站就下车，换乘电车。最近的公交车和电车也不知道是怎么搞的，车厢里空调开得太猛了，走出冷得要命的车厢，下车后迎面而来的却是燥热的空气，这一进一出，一冷一热之间让人感觉十分不舒服。

"您到底要跟我到哪里去？难道要跟我回我家里吗？"当我们一起搭上开往"探索购物中心"的公交车时，绘里子冷不丁地大声问我。

"我去'探索购物中心'办点儿事。"我说。

"办什么事啊？"绘里子追问。

我反问她："你不是说要回家的吗？怎么会来'探索购物中心'？"

"我要去买点儿东西再回家。"抓着吊环把手的绘里子说。

"什么？"我不禁惊讶起来。

怎么办？但愿不要被发现。唉，暴露就暴露了吧，谁叫我们俩是母女呢。

公交车在"探索购物中心"前停下来，绘里子头也不回地匆忙下车，她边跑边喊："再见啦！我急着去买东西，先走一步了！"

哎呀，好险啊！在渐渐染上淡橙色的天空下，我望着绘里子奔向灯火通明的"探索购物中心"的小小的背影，等了好一会儿，等与她离得够远后，才走进"探索购物中心"，开始寻找后门。

"主购物中心最大的建筑物，您知道吗？正面最大的建筑物，右侧有咖啡馆，相当于茶屋。旁边有一条小道，从那里进去后一直往里走，走到底，右边，是右边，就是事务所了。"刚才打电话给我的陌生男人是这么说的。

哼，把我当作什么都不懂的老人！即使你不把咖啡馆形容为茶屋，我也明白咖啡馆是什么地方。

说不定刚才的电话是开玩笑的恶作剧。虽然我这么盼望着，可是咖啡馆旁边真的有一条狭窄的小道。路的尽头真的有一间杂乱的事务所，小光真的坐在里面的桌子旁。

几个月不见，小光手脚又长了些，身材变得又瘦又高。那个瘦高的小光低着头，一脸消沉地蜷缩在灰色的办公桌前。

他们说小光偷了店里的东西。中年职员指着桌子上摆放的东西，咄咄逼人地说全是女性用品，有卫生巾、女性剃毛刀和卸妆膏。小光把这些东西藏进书包，在店门口被抓住了。

这个中年职员不是打电话给我的陌生男人，因为他没有扯着嗓门儿对老人说话，而是小声又冷淡地指责着。我看了一眼小光，他依旧颓丧地低着头，白皙的手掌都被他搓红了。

什么嘛，害得我那么担心。早前绘里子在我家时，我接到电话，说小光偷东西，小光只告诉对方我的电话号码，我以为事情很严重，不敢让绘里子知道。直到刚才，我还拼命想着对策。现在一看，不过是拿了些女性用品而已嘛！他拿这些东西肯定是因为美娜要他买回家，而他这个年纪的男生肯定不好意思在柜台付款，最后才会偷偷塞进书包里。

我被那个年纪和绘里子差不多的一脸不高兴的中年职员狠狠地教训了一顿，其间我还不停地跟他道歉。足足过了三十分钟，买下那些女性用品后，我们才获准离开那个杂乱的事务所。

"外婆接到电话的时候吓了一跳呢！当时你妈妈还在我家。"我和小光肩并肩，慢慢走着离开"探索购物中心"。

"啊，你妈妈说要去超市买东西，现在走出去，说不定会遇到的。如果真的遇到她了，你就说恰好在这里碰见了我，要不然她会担心。"我说。

小光沉默不语，只是低下头，边走边摆弄斜挎包的肩带。

"外婆，对不起！"一走出"探索购物中心"，他突然抬起头说道，然后从我手上拿走了那个装有女性用品的塑料袋，"感谢您帮了我，谢谢！"

"等一下！"我看小光一副想马上摆脱我的模样，不由自主地抓住了他的手。他一脸困惑地低头看着我。

不太对劲。难道买卫生巾不是美娜吩咐他做的？说不定他会像电视上报道的那样，在某个通过电话认识的陌生人家里住着，是对方拜托他买这些东西的。

"还有什么事吗？"小光战战兢兢地说着，语气和他粗犷的声音很不相称。

"没什么。我是以你的监护人的身份过来带你离开的，那你现在要去哪里？是回家还是去别的地方？我对你有监护的责任，所以我要跟着你。不过我年纪太大了，你如果逃走的话，我是追不上你的，可我能把事情告诉你妈妈。"我说。

小光偷偷瞥了我一眼。他早就到了变声期，却还是一脸稚气的样子。在他幼稚的脑袋里的那些小盘算，明明白白地写在了脸上。

"我不准备回家，"他紧紧地抓着我的右臂，喃喃地说，"您一定要跟着我吗？"

我点点头。小光用平淡的语气说还要再走一段路。我们一起走在公交车来往不断的热闹的道路上。油蝉的鸣叫声不绝于耳，声音大得像在和汽车的噪音较劲。

小光瘦骨嶙峋的手心满是汗水，这让我想起他的婴儿时期。那时候我常常背着他散步，他温暖的体温也让我的后背变得汗津津的。

"小光，你还记得你小时候这里什么建筑都没有吗？只有宽广的农田。"我正想把这句到了嗓子眼儿的话说出来，但是抬头一看，小光僵硬尴尬的表情告诉我，现在不是说闲话的时候。最后，我闭上嘴巴，只顾着走路。

"太热了！"一走进房间，我终于发出声音。小光带我来到的是一家情人旅馆，我不知道这是怎么一回事，紧张得不敢出声了。小光却对这里熟悉得仿佛回到了自己家里似的，轻松自若地搭乘电梯。在506房间的门口，小光轻轻推开了门。打开房门，映入眼帘的是一间相当宽敞的西式装修的房间，正中央的大床上坐着一个女人，女人也瞪大了眼睛看着我。

"哎呀！"我不禁叫了一声。

过了几秒，女人也跟着叫起来："这是怎么回事啊？"

"这位是我的外婆。"小光说着把手里的塑料袋递给了女人。

"啊？什么？外婆？"那个女人说。

"嗯。我刚才搞砸了事情。"小光说。

"怎么了？这都搞砸了？难道你没带钱吗？"女人问。

"我以为带了钱，但是打开钱包才发现原来没钱。"小光说。

"然后你就偷偷把东西藏进书包里了？"女人继续问。

"对啊。"小光说。

"哎呀，真丢人。"女人说。

我就像被邀请去别人家里做客，但却被人丢在偌大房间的角落里一样，听着他们你一言我一语的。原本以为小光会带我去他朋友的家里，或是空房子里，没想到竟然是情人旅馆！

现在的中学生真早熟！而且小光怎么看都不像第

一次来这里。 坐在床上的那个一脸跋扈的女人看起来二十多岁的样子，应该是她带小光来的。 这件事无论怎样都不能让绘里子知道！绘里子还说她们家的家规是坦诚相待，说没有问题，不用担心，真是粗心大意的父母啊！稀里糊涂的绘里子和她所嘲笑的电视上报道的傻妈妈差不多呢！

"总不能告诉妈……母亲或者父亲吧？"小光说。

"这没什么，可以告诉他们啊，反正我无所谓。"女人说。

"可是……"小光说。

"话说回来，你为什么要带她来这里呢？三个人在房间里能干什么呀？"床上的女人笑嘻嘻地说。

小光像个做错事的孩子一样，垂头丧气地站在床边。

别的不说，这个房间可真气派啊！和我以前去过的旅馆有天壤之别。 印象中的旅馆，总给人一种不够干净整洁的感觉，灯具和寝具脏兮兮的，一踏进去，就会不由自主地产生愧疚和罪恶感。 而现在我所在的这个房间完全不一样：地面上铺着木地板，灯光明亮充足，还有可爱的粉色沙发和窗帘。要是正中央没有摆放一张大床的话，看起来就很像绘里子家的客厅。难怪现在的年轻人出入这种地方能够不带有罪恶感和羞耻心了。

"说说看，你带个老太婆来这里能做什么？这实在是太奇怪太滑稽了吧！该不会是你在做梦吧？"女人歇斯底里的笑声在房间里回响了好一会儿。随后她又低叹一声，点燃一根女士香烟，赤脚"啪嗒啪嗒"地来到冰箱前，拿出一罐啤酒喝了起来。

装有卫生巾的塑料袋被扔在了床上。站在床边的小光看着从袋子里滚落出来的女性剃毛刀，他的脸上没有什么特别的表情，只有两只耳朵泛红。

小光面无表情地凝视着什么的样子，竟然和友也的神情一模一样，这实在让我很惊讶。四岁时才回家和我一起生活的友也，并不相信我是他的亲生母亲。

当年的我无论如何都想要早点儿结婚，组建家庭，所以一直在着急地寻找着结婚对象。我认为不结婚的人是没有未来的。二十二岁那年，我和刚认识不久的相亲对象举行了结婚仪式。那个时代的择偶条件不高，就是有车有房和没有公婆。那时候着急结婚的我，在答应对方时多少有点儿意气用事。我还期盼着之前抛弃我的人会回头找我，结果他的结婚对象不是我。

那时候，大家的生活质量越来越好，连我都能察觉得到。电饭煲和冰箱等电器不断推陈出新，活在云端的梦幻生活也不再只是幻想而已。但我最后还是什么机会都没有抓住。年轻时的我学习成绩不好，也没什么能力，没考上高中，只能跟着别人到东京讨生活。我没有学历，也没有人脉，什么工作都做不长久，更无法做出成绩来。

不过那时候经济形势好，到处都是工作机会，所以我还能常常换新工作。听说打字员的时薪高，我就在晚上学习打字；听说裁缝的收入更高，我就学习裁缝。实际上，只要学会打字和裁缝，在哪里都不愁找不到工作。只要不挑剔，就有数不清的工厂流水线的活儿等着人去做。不过，就算社会上的职位足够多，到头来我的每份工作结果都一样：努力就能赚到钱，不满意了就辞职不干，再重新找工作。于是每份工作我都做不长久，更不用说什么升职加薪了，那些工作永远只能够让我糊口而已。当然，要说这是自作自受什么的，我不会否认。

那段时间皇太子大婚，年轻人人手一辆摩托车用以代步，进行了全国性的公营住宅抽签，彩色电视刚刚上市，东京的富饶多金是乡下人想象不到的。谁能猜到当时的我最想要的东西是什么？现在回想起来，真是太可笑了，当时的我最想要的东西竟然是一双尼龙丝袜！只要碰到那家生产尼龙丝袜的纺织公司招工，我就一定会去应聘，是不是很好笑？除了公司建筑造型新颖之外，我还天真地以为只要进那家公司工作，就会有数不尽的尼龙丝袜给我带回家。

当时发生了美空云雀①被泼硫酸的恶性事件，让我大受震动。犯人正好和我同岁，她认为美空云雀的生

① 出生于1937年的日本国宝级歌手。

活与自己的天差地别，刚好我也这么认为。

我一直以为能够与那个人结婚。我深深地相信着，只要与那个人结为夫妻，我无趣又可怜的生活就会马上结束，没想到我竟然会被抛弃。别说小光和美娜了，连绘里子也不会相信我身边曾经出现过这么一个人。那个人认识了大老板的女儿后，便迅速与对方结婚了，当了大老板家的上门女婿的他，相当于搭乘上了成功的列车。或许他从一开始就没有把我这个乡下农家出身，父亲战死又一个人独自闯荡的普通女孩儿当作结婚对象吧。

那时候我们两个都在一家有相当规模的钢铁公司上班，我忍受不了在他与别人结婚后，还和他见面的痛苦，于是毅然辞职，从那个公司逃走了。

后来我结婚了，婚后丈夫在一家造船公司上班。不久，他辞职重新找工作，当过仓库管理员，当过推销员，到处卖《百科全书》，最后到处借钱，开了一家咖啡店。他是战后被遣返回国的，个性本来就懒散。原本以为他有房产，其实房子登记在他哥哥的名下。丈夫那一大家子的兄弟姐妹常常到我们家来蹭饭，不仅很挑剔，还拿我们家的钱去花，让我十分困扰。我简直搞不清楚家里到底有多少人在住，连让我得意扬扬的小汽车，都被丈夫的弟弟撞烂了。真是个蠢货。

当开业不到一年时间的咖啡店因经营不善面临或是关门歇业，或是继续亏本经营的紧要关头时，我竟然怀孕了，生下了友也。一般来说，男人在孩子出生后会变得更加沉稳和脚踏实地，对吧？可是我的丈夫就不一样，他把咖啡店关了，随后不自量力地在原地开了家租书店。也许是受别的朋友的影响，他一时冲动地栽了进去。不知道是时机不合适，还是地点选择的问题，丈夫的租书店依然没有经营成功。

不管咖啡店关掉了也好，还是租书店倒闭了也罢，我都要继续出去工作，因为我需要维持生计。后来我把友也托付给每天轮流来家里的丈夫的兄弟姐妹们，自己一个人傻乎乎地努力工作。我回归到从前那种赚的钱只够养家糊口，永远没有多余的一分钱能够存下来的生活中去。

那时候，我们夫妻俩不是白天在外工作，就是晚上在家为了钱的事吵架，不知道是不是这种家庭氛围的缘故，连幼小的友也开始半夜里不停地哭闹，后来甚至不肯喝奶了。最后，我们经过商量，决定在生活安定下来之前，先把友也送到嫂子家寄养。

　　后来我回想起来，发现这其实是个阴谋。我也是后面才知道，比自己丈夫年长两岁的静子，在十几岁时得了病，无法生育。我一直以为静子夫妇是因为喜欢孩子才会这么关心友也。她装作充满爱心又通情达理的样子，对我说我们现在的家庭环境对友也的成长很不好，因为是亲人，所以她愿意帮我们照顾友也。实际上她早就对友也虎视眈眈。她打好了如意算盘，等待我们放弃孩子，希望友也与我们生分，不再亲近。

　　当年的我束手无策，娘家人根本帮不了我，我也没有其他可以依靠的人，只能按照别人说的话去做。

　　丈夫的租书店倒闭后，在朋友的介绍下，他开始在一家货运公司工作，而我也在家附近找到一份医院的行政工作。经过两年的努力，我们终于把债务还清了。

当时我又怀上了绘里子，所以想把不得不寄养在外面的友也接回家，让他和妹妹一起长大。

我费了很大力气，终于把友也接回家了。虽然一家人团团圆圆了，但他却认为我们并不是他的亲生父母，他是被过继的孩子。虽然我不知道幼儿能有多少人生记忆，可是在小友也的脑袋瓜儿里，他竟然觉得是自己是"被父母抛弃了"。即使我多次告诉他"这里是你的家，我们是你的亲生父母，绘里子是你的亲妹妹"，可是友也的内心深处还是充满了怀疑。

友也像个小傻瓜一样，每次吃饭时都会郑重其事地向我道谢，说很好吃。这是个刚满四岁的小孩子啊。有一次，他在吃饭时，衣服上不小心蹭上了酱油，我随口告诉他这件事，他竟然连忙低头道歉说："对不起，下次不敢了。"难道他是害怕自己不乖的话，会被人再次抛弃吗？

作为一个孩子，根本没有其他选项可以选。不管父母多么愚蠢和没用，都是孩子唯一的依靠，孩子也只能全身心地去讨好父母，想通过这样的方式去获得父母的爱。

那时候，我常常想，到底有谁能够教会我如何去爱别人呢？

我从来都不认为自己是个聪明的人。我这个笨蛋做过最愚蠢的一件事，就是决定独自一人将一个四岁的幼儿和一个小婴儿抚养成人。就算我再怎么坚强，再怎么努力，照顾小婴儿都真的太苦了，需要我付出非常多的精力和金钱。一般情况下，在一个普通的家庭中，老大通常会理所当然地嫉妒老二，会像老二那样向母亲撒娇耍赖，寻求存在感。可是友也不一样，他一直疑神疑鬼地认为，他会被再次抛弃，所以即使我把注意力全部放在婴儿绘里子身上，他也不会妒忌，更不会撒娇耍赖。每当我抬头时，总会看见友也站在不远处，看着我喂奶、换尿布和唱摇篮曲。

他总是一副面无表情的冷漠样子，令人不寒而栗，而他那不知为何而发红的耳朵，更是让我印象深刻。从柔软的褐色细发中露出的一双雪白的小耳朵，先是变成粉红色，然后越来越红，似乎在拼命地向我表达一种莫名的情感。

那时候的我真的很恨静子。现在回想起来，自己的孩子变成那样，我也有责任。即使是暂时的，我也不应该把自己的孩子丢给别人照顾。就算他被寄养在别人家，不管我多忙碌，也都应该时常抽出时间去看看他，告诉他我才是他的亲生母亲。我对友也真的不够关心，毕竟从我家坐电车到静子家，只需要一个小时，而我竟然对友也不管不顾。当时的我满脑子只有还清债务，才能让我们一家人团聚的想法。

可是，当年的我对自己的孩子管静子叫"妈妈"这件事气愤不已。我暗地里想，肯定是静子偷偷和小友也说："因为你的父母太狠心了，丢下你不管，我们不忍心才收养你的。"导致友也即使待在自己亲生父母的家里，也还是会小心翼翼地看父母脸色行事，放下自尊心去讨好父母。那晚，当友也在睡梦中哭着大叫"妈妈"时，我真想杀了静子那个可恶的女人。

但那都是过去的事了。房子早就归我了，丈夫去世后，他的那些亲戚也和我逐渐疏远。要不是租书店时代认识的熟人告诉我，我都不知道早就和我断绝了来往的静子，在几年前因为患上乳腺癌，癌细胞转移至全身而死掉了。静子离世后，因为没有孩子，她的丈夫——那个我不记得姓名，只记得他热爱摄影，留着八字胡的安静男人，只能去养老院度过余生。

身边已经没有一个人能够记清楚当年发生的事了，或者也是因为我不负责地故意遗忘了吧。当时还是个小婴儿的绘里子肯定不会记得这些事，友也年纪也小，懵懵懂懂的他根本搞不清状况。我自己犯下的愚蠢错误，我更不会宣之于口，这是我一辈子的秘密，我要把它带进坟墓里。这么做不仅是为了我自己，更是为了友也和绘里子。

如果我能早一些知道静子的事，我会邀请她参加五年前友也的婚礼。我猜静子不会到处乱说话，只会以亲戚的身份参加婚礼，去祝福新人吧。当然，我是在她死后才改变了想法，如果我不知道她早已过世，我肯定会一直怨恨着她的。当年那个低着头和我道谢，并称赞饭菜好吃的小友也，已经长大成人，也找到结婚对象了。和我们那个意气用事而结婚的年代不同，友也是自由恋爱，最后骄傲自豪地和我介绍了他的女朋友。从前我因为这孩子不与我亲近而终日忧心忡忡，如今他长大成人，找到了结婚对象，只要想到这点，我就觉得可以放下忧虑，不再去计较什么。至于他选择的结婚对象的性格，那是另一个问题了。

"我去一下厕所。"远处传来年轻女人的声音，让我看清现在站在我眼前的不是友也，而是外孙小光。

小光旁边的大床上铺着粉色的格纹床罩，显得特别巨大，可是很有生活感，一瞬间让人产生了正置身于小光的房间的错觉。

我刚准备把心里的话告诉小光："小光，我给你零花儿的事，要对妈妈保密哦。"那个女人下一秒就把喝完的空啤酒罐捏扁，丢进垃圾桶，然后一把抓起我买的卫生巾冲进厕所。厕所好像在玄关旁。

房间里顿时变得安静无比。

我原本想问小光："就是她让你去买东西的吗？结

果你发现身上没钱才会去偷拿回来的吗？"可是当我张开嘴巴时，只觉得喉咙又干又涩，根本无法问出口。

这时，小光缓缓地转过头来，与我对视着。见他一脸沮丧的样子，我只好用微笑安抚他。

那个女人粗鲁地"咣当"一声打开门走出来，她留着一头及腰的红褐色长发，目光与我短暂交汇的瞬间，竟然也是一副沮丧的样子。

当我正想对她露出微笑时，她马上移开视线，站到穿衣镜前面去了。

"哎呀，我要先回去了。小光你就留下来陪外婆休息吧。"女人一边说，一边仔细地涂口红。她从镜子里瞥了我一眼，嘴巴鲜红欲滴。我们家的人全都没有看人的眼光。友也的媳妇傲慢又爱耍小聪明，绘里子的丈夫是个没出息的笨蛋，连我的丈夫也是个没用的东西，现在小光竟然和这个一脸愚蠢的风骚女人纠缠在一起，难道冥冥中有着某种因果报应吗？

女人面对着镜子，整理完衬衫领子，又开始调整腰带。

"今天的事情我会保持沉默的。"我下定决心说出口，发出来的声音比刚才更响亮，"你既然拜托别人帮你买东西，就应该提前给别人钱吧！幸好商店联系的人是我，要是被学校的人知道了，那要出大事了！或许你可以什么都不在乎，可是这孩子还是个初中生，这种事情你也要为他考虑一下啊！"

"多少钱？"女人来到我面前，咧开大红唇笑着问，她见我整个人目瞪口呆的，继续若无其事地说，"这些东西多少钱？我现在付给您。"

这女人怎么回事？！

"我又不是为了让你付钱才这么说的！"我忍不住大声说，"我不知道你的年纪，可是你莫名其妙地把初中的孩子带到这种地方来，只会让他的父母担惊受怕！你也有父母吧？要是他们知道你和初中生一起来旅馆，他们会怎么想呢？"

"小光，我先回去了。因为你回来得太晚了，所以我延长了住宿时间，这样比较划算。等一下我会去结账付款的。你可以和你外婆在这里聊好几个小时天儿，聊上一整晚都没问题。”

女人抓起沙发上的手提包，径直向房门走去，手握住了门把手，却又突然回过头，盯着我说："外婆，其实不需要您帮我保密，和小光的父母说清楚也没关系。反正我的父母都去世了，也没有兄弟姐妹或其他亲人。谢谢您帮我买卫生巾。"女人脸上的沮丧已消失不见，取而代之的是嘴角的笑容。她朝我们深深地鞠了一躬，离开了房间。

"老师！"小光喊了一声，往前踏出几步，却没有追上女人。

"老师？是学校里的老师吗？"我忍不住问。

"不，不是的。外婆，对不起。"小光满脸沮丧，红着耳朵对我笑了笑。

陌生的年轻女人离开后，只剩下我和小光的房间里，那张铺着格纹床罩的大床显得更加巨大了。房间里有用玻璃做间隔的浴室，越看越顺眼，像某个我熟悉的地方。

"小光，你老实和我说，你和那个女人的关系究竟到哪种程度了？"我坐在沙发上问。

或许是先前站的时间太久了，坐下来后我才发现脚底痛痛的麻麻的，这么一想，又发现连腰部都好像在隐隐作痛。刚才是过于紧张了所以才没感觉到疼痛吗？我为什么会紧张？是因为那个女人，还是因为来到了情人旅馆？抑或是因为与友也非常相像的小光？

"我们之间没什么关系。真的，什么都没发生。我是第一次来情人旅馆，就只是这样而已。"小光一脸认真地回答。

他犹豫扭捏了好一会儿，终于捡起脚边的书包，喃喃地说："那么我也要回家去了。"

我原本也想跟着回去的，可是脚和腰痛得让我无法用力，只好无奈地和小光说："我能在这里休息一会儿吗？"

小光分明是一脸讶异，却装作平静地说："没关系的，您住一晚都可以。我记得早上九点前退房就可以了。"

他走到房门处，站在刚才那个女人回头的地方，同样回过头来和我说："我真的和那个人没有别的关系。只是事情有点儿复杂，所以今天的事情请您不要告诉妈妈，也不要告诉美娜。否则会给那个人带来困扰的。"小光像背台词似的，一口气把话说完了。

"好的，我知道了。你放心吧。你有钱坐公交车吗？"我说。

"嗯，有的。"小光点了点头，打开门离开了。

站在玄关处的我，能听到房门外的小光说："今天真的谢谢您。还有，对不起。"

房门关上的声音仿佛在房间里回响了好一会儿，最后终于恢复安静了。我长吁一口气。

我拿起茶几上的遥控器打开电视，发现电视里正在播放我在家里常看的新闻节目。我一边看新闻，一边按摩脚底，伸展腰部。话说回来，我从来没有过一个人出门旅行的经历。绘里子小的时候，丈夫还在世，我们夏天经常去海边玩。要说只有我一人的旅行的话，那是真的没有过。独自旅行的感觉，会不会就像现在这个样子呢？我这一生还真是贫乏无趣呢！

我一边伸懒腰，一边拿起茶几上的点心，旁边还有一份和餐厅菜单差不多的旅馆菜单。现在的旅馆可真方便啊！菜单上餐食花样很多：鸡肉沙拉、海鲜沙拉、茄子培根意大利面、饺子炒饭，还有刺身套餐和烧肉套餐呢！

翻看菜单后，我突然感觉饥肠辘辘，就按照上面的提示拨打了电话，打算点餐。接电话的女人声音尖细，我问她餐食是不是旅馆自制的，她小心翼翼地说周边有很多外卖餐厅可以送餐。于是我放心地点了一份刺身套餐。如果旅馆自己制作餐食，那该有多难吃啊！

趁着餐食还没送来，我只穿着一条内裤去清洁浴室。浴室里没有清洁剂，我只好用洗发露把浴缸、地板等地方全部刷洗干净。正当我感觉神清气爽时，门铃响了。我穿好裙子，去把门打开。一位看起来很有阅历的中年女人端着餐盘站在门外，一见到我，立马狐疑地偷偷往房间深处窥探。

"这个房间的房费付清了吗？"我需要再确认一下才会觉得安心。

"嗯，已经付清了。"中年女人回答完，放下餐盘就匆忙离开了。她不是刚才接听电话的那个人。

刚走进这个房间时，我还对房间内布置得充满居家氛围感到很惊讶，但此时端着餐盘的我仔细看了一圈，才发现根本没有摆放餐桌。这也难怪，毕竟这里是男欢女爱的专门场所，用床来替代也是理所当然的。

没办法，我只好把餐盘放在茶几上，将椅垫铺在地上后坐下来。刺身套餐里面有金枪鱼、鱿鱼、巴浪和帆立贝，配菜是凉拌豆腐、味噌汤和泡菜。

我想起刚才那个女人从冰箱里拿出了啤酒，于是也学她的样子，拿了一罐啤酒。每个玻璃杯的塑料杯套上都印有"已消毒"的字样。

电视屏幕上的天气预报已经结束了，即将播放的是棒球比赛。当我正想按遥控器去换掉那无聊的棒球比赛节目时，耳边仿佛响起了小光幼稚的声音："外婆，不要换频道！"我不由自主地停下了动作。

那孩子还记得小时候的事情吗？还记得他曾趴在我背上，听着我唱的摇篮曲沉沉睡去吗？

小孩子都有独特的稍高体温，比起友也和绘里子，背小光时我并不会觉得十分吃力和汗流浃背。那时候我的经济条件已经好转许多，时间也足够宽裕，生活明显变得富足起来，想买什么就买什么。当时我家附近没什么土地使用规划，也没有建起大型购物中心，我背着美娜和小光在朴素原始的田地里散步，只觉得宛若新生。年少不懂事时那些让我烦躁不安和无法处理的事情，全都一一离我远去，我能够重新开始我的生活了。

　　在那段平静的时光里，我背着孩子们，轻轻拍着他们柔软圆润的小屁股，嘴里反复唱着熟悉的摇篮曲。

　　老实说，自从我开始帮忙照顾小孩子后，我和绘里子的交往才变得密切一些。虽然我常常为自己说话太难听，伤害到别人了而向别人道歉，却总是下不来台和绘里子道歉。唉，我真说了不少狠话。加上绘里子性格比较倔强，爱钻牛角尖，所以我们之间的关系一直很冷淡。好在自从美娜和小光出生后，我和绘里子之间的关系缓和了许多，更加明朗了。这也算是我们的关系的新开始吧！人生啊，都是兜兜转转地上演周而复始的戏码！

只喝了一小罐啤酒，我就开始醉了，全身轻飘飘的。我把浴缸放满热水，准备舒舒服服地泡个澡，并唱起《乌鸦之歌》。

"乌鸦，你为什么要哭泣？乌鸦在山上……"这首歌是我从前唱给孩子们听的，还是父亲唱给我听的来着？

我父亲是个酒鬼，喝了酒就一整天不回家。直到现在我还清楚地记得，过了晚上十一点，母亲会背着悦子，右手牵着我，左手牵着典子，在幽暗的夜里一起出门去把父亲喊回家。母亲穿梭于一间间简陋的铁皮屋小酒馆，逐个探头进门问："我家那位有没有来？"店里往往会传来"有呀，刚刚才走了呢""今天没来呀"之类的女声，于是我们只好继续寻找。

最后我们有很大概率会在早已停止当天的运营的电车站里，找到醉倒在长椅上、正呼呼大睡的父亲。母亲会摇晃着身材魁梧的父亲说："醒一醒，我们来接你了，回家吧！"父亲则会睡眼惺忪地缓缓起身，笑着说："哈哈哈哈，糟糕，我又在这里睡着了。"他还会笑着将刚冒出胡子茬儿的脸蹭到我们身上，然后一家五口沿着昏暗的道路一起回家去。这样的情形经常发生。《乌鸦之歌》就是喝醉后与我们一同回家时的父亲最爱唱的歌。

我从浴室里出来，换上了更衣室里奇奇怪怪的睡衣，找到遥控器，把空调关掉。虽然房间里会变得闷热，但是开着空调睡觉对身体不好。拉开和沙发图案一模一样的格纹窗帘，是一扇被涂黑了的普通铝制窗户，窗锁居然还能打开。我打开窗户，一阵清爽的风吹了进来。等眼睛适应了外面的黑暗后，我能看见一片青翠的农田，这景色和从我家、绘里子家二楼窗户看出去的景色相似，可都是农田的风景而已。

远处的铁轨上停着一辆长长的电车。从方形车窗映照出来的灯光，规矩地横着排成一列。乘那趟电车能去到绘里子家吗？从电车上能看到我住的这家旅馆吗？电车停在原地不动，我记得这附近应该没有车站。为了能看得更清楚一些，我戴上从手提包里拿出来的眼镜，双手撑在窗台上，探出身体，努力往远处看。从静止的电车上下来几个人。该不会是出车祸了吧？好像有人跳窗出来了。人们不断地从一节节车厢中跳出来，在一整排方形灯光的映照下，他们像蚂蚁般整齐地排着队走在漆黑的田间。离开车厢的人们像幽灵般无依无靠，只能沿着笔直的铁轨慢吞吞地往前走。

我站在原地凝视着远方那梦幻般的景象，看了许久，直至人群散去，只剩下灯火通明的电车停在铁轨上。

关上纱窗，我躺倒在足够五个人睡的大床上。正对着大床的天花板上贴着一面大镜子，原来还能这样啊！我没关房间的灯，却闭上了眼睛。窗户开着，清风徐徐，虫子的鸣叫声不绝于耳，相当热闹。

我也曾经被人带进旅馆过，是那个人硬拉着我进去的。如果他还活着的话，估计有七十岁了。不知道他现在过得怎样，真想再见他一次啊！毕竟他是我这辈子最爱的男人！假如榆本先生是那个人的话，那该有多好啊！当然，我清楚地知道榆本先生不是那个人。再设想一下，因为妻子离世而搬到新家的是那个人的话……

我躺在床上，老是觉得床下面有"咕嘟咕嘟"的声音，让我睡不安稳。

我闭上双眼，各种各样的人脸和光景——浮现在眼前，又——消失殆尽。绘里子、榆本先生、友也、美娜，木质房子、银座的地球仪霓虹灯、拥挤不堪的夜行列车、面目模糊的那个人、小光、刚才的年轻女人，全都像我在老年人社团里学做的拼布一样，杂乱无章地拼凑在一起，最后通通消散远去，没入黑暗。

啊，这个景象又浮现在眼前了！

我脚下是湿漉漉的榻榻米，在昏暗的铁皮小屋内的一角，依稀能看见包裹着婴儿悦子的那张白色毛巾被。稍微转移视线，就能看到典子又细又白的小腿伸得笔直。拉门和挡雨板不断发出刺耳的声音，昏黄的白炽灯摇晃不停，我们的影子也晃晃悠悠地映照在墙上。我听到母亲来来回回的脚步声和雨滴落在脸盆里的声音。魁梧的父亲用布巾包住脑袋，手里拎着榔头走出门……

不知是什么缘故，这次我看不清他们的脸。不管是背着悦子的典子，还是在泥地玄关和厨房之间不断来回的母亲，他们的脸都被房间里的阴影挡住了，我完全看不清。

不，最后我渐渐连他们的身影都看不清了，越发不确定他们是否还在那里，只能感受到微弱的气息。忽然之间，我发现那个被暴风吹得摇摇欲坠的铁皮小屋里，似乎只剩下我一个人，孤零零地站在狭小又湿漉漉的榻榻米正中央。

小屋里真的空无一人了吗？环顾四周，我既看不到典子的小腿，也看不到母亲的身影，只有晃动的白炽灯映照在墙上的细长影子。仿佛是配合着外面"呼呼"的风声，影子时而伸展，时而缩小，时而静止，时而摇晃。是谁在那里？悦子，友也，母亲，还是绘里子？

雨水击打在铁皮屋顶上，门窗被吹得咔咔作响，"咻咻咻"的风声像女子哭泣的声音般尖锐。下一秒，我听到极响的轰鸣声。风声越来越响，我用力站稳脚跟，抬头看向屋顶。屋顶快被吹飞了！屋顶"呼啦"

一声被吹翻，漏出巨大的空洞，满天的星空映照在我眼中。

当我回过神来的时候，发现自己睁开了眼睛，根本没有睡着。汗水浸湿了睡衣。

此时虫鸣声已消失无踪，只剩下寂静。

从灯光明亮的房间里看去，黑暗的窗户像黑洞一般，外面已经看不见电车的踪影。深蓝色的夜空中，几颗星星寂寥地闪烁着。

自动上锁的门

不知为何，我从九点多开始乘坐的这趟电车在离车站还有一段距离的地方突然停了下来，而且没有要继续运行的迹象。真倒霉！我离开旅馆的时候就该选择直接回家的。不过我刚才心情非常郁闷，所以想去游戏厅玩耍一会儿。车厢里响彻着反复播放的"下一站发生事故"的广播。但具体是电车故障、线路故障还是有人自杀了，则完全没有说，后来竟然连广播都停止了。

　　乘客们像羊群般老老实实地待在车厢里。坐在座位上的上班族和年轻女性继续闭着眼睛假寐，几个抓着吊环的乘客不是在玩手机就是在看书。我侧靠在车门旁，茫然地望着映在车窗玻璃上的自己的影子，心想幸亏刚刚已经去了趟厕所。

　　二十分钟过去了，电车依旧没有要运行的迹象。我忽然想到，说不定小光和那个老太婆也在车厢里，于是抬头东张西望，试着寻找他们的身影。即使车厢里并不拥挤，也还是无法看到隔壁车厢的乘客。那个老太婆真是够古怪的，虽然我不知道小光带他外婆来旅馆是什么意思，但那老太婆也太过于自信了。或许女人到了老年都是那副模样吧，特别是有家庭的老年女人。

那个老太婆居然想当然地认为带人去风月场所、说谎骗人的全是别人，斩钉截铁地认为自己的家人是好人。就算我在她耳边高喊一百遍："邀请别人去情人旅馆、没有钱却说要去买东西、偷东西被发现后只能寻求外婆帮助的，正是您的宝贝外孙本人。"怕是她也根本不会相信。

人们只要遇上与自己的血亲有关系的事情，不知为何就会变得愚昧偏心。为什么他们会不承认，小光身上的的确确流着那个毫无出息的男人的血呢？小光拉我去旅馆的借口，竟然是"我想看看旅馆的房间"，这种老土的说法和他那愚蠢的父亲一模一样。大家平时都会形容父子俩的眼睛和嘴角相似，然而说到同样好色的天性时，大家却怎么都无法坦然地说出口。

此时，不知谁的手机铃声响了起来，和我家电话的铃声竟然一模一样。手机的主人可能睡得太沉了，任由铃声响个不停。真让人烦躁！为什么特意设置这么刺耳的铃声？车上的乘客为何能毫不在意地站在原地不动呢？

站在我斜前方的手抓吊环的女人，像快要昏倒了似的缓缓蹲下来。这时候我才发现车厢里竟变得异常闷热。一个坐在座位上的穿西装的男人把座位让给了不舒服的女人。有人带头打开了一扇车窗，其他人也陆续打开了其他车窗。夜晚的凉风吹了进来，车厢里一阵凉爽。当车窗全部被打开后，车厢里顿时充满了下雨般的虫鸣声。人们仿佛被虫鸣声感染了一般，烦躁不安地发出嗡嗡细语："到底怎么回事？""已经停在原地三十分钟了！""太奇怪了吧！"

身上留有晒痕的短裙女人一屁股坐在地上，猛按手机发短信，两个像刚下班的男人一边用手掌擦拭额头上的汗水，一边开心地谈笑。那个和我家电话一模一样的铃声再次响起来。一个有些秃头的中年男人自言自语地大声说："想上厕所了。"他遭到了某处乘客的一阵嘲笑。接着，又传来了一个中年女人的声音："就这样被关在车厢里，再过几个小时，可就不是玩笑了。"

不知何时，徐徐凉风消失了，闷热的空气取而代之，静止不动的电车车厢里充满了令人窒息的气氛。

我一直认为组成家庭就像进了这个车厢一样，大家全在偶然的机会下，一起搭乘同一辆电车。然后当车厢中渐渐充满污浊的空气时，大家就会变得心烦意乱，焦躁不安，完全不知道发生了什么事，但是又不得不在这里待上好一段时间。信任或是怀疑也好，好人或是坏人也罢，你不可能完全相信车上的所有人。或许在几分钟后，我对面那个滑冰选手模样的男人会挥舞小刀；那个正经初三学生模样的男孩儿，会在不知道家庭教师是爸爸的情人的情况下，邀请对方一起去旅馆。这些都是有可能发生的事情。

"啊，不行了，我真受不了了！"秃头中年男人叫坐在座位上的男人让开，尝试从车窗爬了出去。他应该是喝醉了吧。车厢里嘈杂声不断，连虫鸣声都听不见了。秃头中年男人头重脚轻地从车窗翻出去，众人挤到车窗边上，注视着他。我也趴到车门上，看男人滚落到田地里的模样。男人朝前方走了两步，突然回头对着车厢笑喊："不要光看啊！想出来就出来吧！"

先前男人借力翻出去的座位是空着的，我拨开人群往前走，右脚踩在男人留下白色脚印的座位上，撩起裙摆，左脚伸出窗外。车厢里的躁动声越来越大。管不了这么多了，我再也无法忍受继续待在这个热气腾腾、封闭燥热的恶心地方了。

我抓住行李架，像跳林波舞①一样，两只脚伸出窗外，慢慢地把身体挪出去。最后我把屁股也挪出去了，双脚却找不到支撑点，只好一股脑儿地把身体滑出窗外。确认好着陆的地方后，我松开抓住行李架的双手，

---

① 发源于西印度群岛地区的杂技性舞蹈，需要舞者仰身向后穿过距地面极低的障碍物。

猛地跳出窗外。我跌坐在铺满碎石子儿的地上，手掌都被擦破了，渗出一点儿血。我赶紧整理好卷到大腿的裙子，站起来沿着铁轨往前走。

不久，远处的车厢广播响起"跳窗是危险行为，请不要跳窗"的警告。在漆黑一片的田地角落，刚才第一个跳窗出来的秃头中年男人，正背对着我小便。回头一看，车厢里不断有人从车窗跳出去，更有人在撬车厢门。他们似乎是对异常情况感到莫名的兴奋，能听到欢呼声、尖叫声和哭泣声。从电车上安全逃出来的人们排成一列，安静地走在田地里。虫鸣声离我越来越远，田地的另一端，霓虹灯照耀下的情人旅馆鳞次栉比，宛如漂浮在水面上的彩色城堡。

我去了职业介绍所，发现可选的职业种类非常有限。前台的男人热情亲切地向我介绍道："请随意挑选喜欢且合适的工作。"我一边听他说话，一边认真地考虑要不要去东京工作。如果是在东京的话，不仅有更多更好的工作，连设计公司也会更正规专业一些。最重要的是，离开这里去东京，就可以斩断与京桥一家的纠葛了。

走出职业介绍所所在的大楼，我一边朝车站走去，一边欣赏临街的橱窗。当我走进一家服装店，拿起秋装和饰品站在镜子前时，忽然想起银行卡的余额，顿时没有购物的欲望了。

最后，我只好到地下商业街里的超市买晚饭的食材，存款余额的数字依旧在提醒着我。我放弃菠菜和猪肉，换成便宜的茄子和特价鸡肉，把东西放进购物篮里。此时，我忽然感觉前途未卜，说不定会是一片灰暗。

我盯着手里的西红柿罐头，心想自己真不应该冲动之下从原本的设计公司辞职。失业保险金最快也要明年才能发下来，小光的家教费每月只有两万日元，只能勉强够我生活而已。虽说在东京找到一份工作应该不难，可是我连搬家的钱都付不起，只能将单价一百一十八日元的西红柿罐头放回货架，继续在超市里闲逛。

下午稍早些时候的超市里空荡荡的。我把茄子、鸡肉和限时特价八十八日元一盒的鸡蛋装进购物篮里，继续穿梭在买不起的商品中间。一个褐色头发的女人牵着小女孩儿的手，把我犹豫要不要买的西红柿罐头连放了三罐到她的购物篮里。一个浑身赘肉的中年妇女正往购物篮里装各种中国产的速食产品。一对勾着拇指的情侣站在奶酪柜子前，你一言我一语地讨论着马苏里拉和菲达等高级奶酪的区别。

此时，嘈杂的超市广播中响起"下午两点半，蔬菜大特价"的声音。和一些小跑进蔬菜区的人一样，我也踩着超市光滑的地板，匆忙赶了过去。西红柿、胡萝卜、杏鲍菇和红黄灯笼辣椒，分别满满地装在袋子里，每袋只要两百日元。我从握着麦克风的店员手里抢下塑料袋，把西红柿塞进自己的袋子里。刚才还空荡荡的超市里，突然涌出一群女人，挨挨挤挤地站在特价蔬菜区里。

尽管被肥胖的女人推搡着，被带着孩子、一脸穷酸的女人推开，被一身金银且散发着浓烈香水味的女人挤到一旁，我仍然奋不顾身地伸长手臂去抢特价西红柿。这些女人卖力地抢食物，争取能多抢一份杏鲍菇或者西红柿，拼命往袋子里塞蔬菜，如此努力全是为了家人。

这时候，一个毫不修饰脸上的斑点和皱纹的素颜女人，发出了与她的脸极不相符的尖叫声，挤成一团的人群顿时四散开来。原来是我只顾着抢特价西红柿，不小心把一个熟透的西红柿捏碎了。鲜红的汁水从我的右手手指间滴落，弄脏了洁白的地板。

"各位顾客，请不要往前挤！"拿着麦克风的店员戏谑地说，"限时特价的时间很长，请慢慢挑选！请一个一个地拿！轻拿轻放！想装多少装多少！一袋只要两百日元！"

一个兼职员工模样的女孩儿小心翼翼地递给我一条毛巾。我用它擦了擦沾满西红柿汁液的手，从一群女人中间挤了出去。

我不需要家庭。二十岁那年从专科学校毕业后，虽然还没决定好要做什么工作，但我已经下定决心不组建家庭。二十三岁、二十五岁过去了，等到下个月，我就满二十七岁了，依然决心不组建家庭。可是有一种迷茫渐渐浮现在心中，那就是我不知道将来要做什么，不知道自己想过怎样的生活。不管是身边的亲友，还是自己的内心，都在忧心这个问题。如果说组建家庭只是一个选择，那么选择不组建家庭后，为什么会出现无数新的选择呢？

晚餐的食材当然是茄子、鸡肉和西红柿。刺眼的金黄色阳光从西边的厨房窗户照射进来。我眯着眼睛在明亮的阳光下晃动平底锅，相信自己能用蛋皮包住这些馅料，做成蛋包饭。但没想到我做蛋皮时就失败了，最后端上桌的只有炒熟了的鸡肉、茄子、西红柿和鸡蛋。

才下午五点，从西边窗户照进来的阳光就已经变成了橙红色。离正常的晚餐时间还早，但我已经把菜肴做好并端到桌子上了。我将啤酒倒进玻璃杯，轻声对自己说："我开动了。"

当我喝完啤酒，准备再喝点儿红酒的时候，电话响了。嘴里塞满鸡肉的我瞬间停下全部动作，直直地望着丢在地上的电话，再慢慢咽下嘴里的食物，慢条斯理地走过去接电话。

我把听筒放到耳边，马上听到了贵史的声音。

"小三奈啊，你在干什么呀？"这个傻瓜男人用呆笨的语气问。

"在吃饭啊！"我也傻乎乎地回答，"真稀奇啊，你不打手机，打我家里的座机电话。"

"嗯，我猜这个点你应该在家。不过你晚饭吃得真早呀，在吃什么呢？"他问。

"鸡肉茄子配西红柿罗勒炒蛋。"我说。

"什么嘛，听起来很好吃的样子！真羡慕你啊！不像我，我还在外面跑业务拜访客户，真辛苦啊。"他说。

"那你要不要过来啊？偷跑一次也没关系吧？小三奈会好好疼爱你的！"我说。

"啊，真想现在就让你疼爱！"贵史的声音断断续续的，还传来了电车发动的鸣笛声。

"明天有空吗？小三奈。"他问。

"有空呀！"我说。

"那明天下午五点在车站见面，好吗？"他说。

"因为小贵经常迟到，或者临时取消约会，所以我不想再约在车站了。车站附近的店我都逛腻了，根本无法消磨时间。去'探索购物中心'里的咖啡店吧。"我说。

"什么？'探索购物中心'？"贵史突然沉默下来，估计是在计算遇见家人的可能性吧，"啊，好吧。约在'探索购物中心'里的星巴克见面吧！你听，这句话说起来是不是有点儿嘻哈风格？'探索购物中心'里的星巴克，人来人往的星巴克，来吧，再见吧……"他语气轻快。

"笨蛋，你真是个笨蛋！小贵，你如果要迟到的话就提前给我打电话，我好在那里消磨时间。"我说。

"好的！明天见！爱你爱你，拜拜哟！"他挂断了电话。

我把听筒放回原位，然后打开灯。从西边窗户照进来的阳光渐渐染上了晚霞的颜色。在日光灯下，放在水池里的沾满油渍的平底锅泛着白亮的光。

我回到桌子旁的时候，食欲已经离我而去了。我只好把冷掉的冒着油光的晚餐倒进水池，拿着红酒酒瓶坐到电视前。我喝了一口红酒，这酒竟然是温的，苦涩得让人难以入口。

第二天，贵史依旧没有准时出现在约定的店里。我坐在靠里面的座位上，边喝咖啡边观察外面来来往往的行人。尚未下山的太阳像拖着长长的棉布一样缓缓倾斜着。一个双手提着地下超市购物袋的女人，正快步经过门外。霎时间我误以为她是贵史的妻子，还一直盯着她的身影，直至她消失在停车场入口处。后来我又想，贵史的妻子不可能把头发打理得这么整洁漂亮。

一群露出粗壮大腿的高中女生嘻嘻哈哈地走进咖啡店，犹豫再三才开始点餐。我猜想小光的姐姐穿的是那群女生的同款校服，不禁把帽檐又压低了一点儿。后来再一想，穿黑色西式校服的女生到处都是，害怕见到小光姐姐的自己真是可笑。于是我干脆摘下帽子，开始用粉饼补妆。我再次意识到，在这个购物中心里遇见贵史的家人的概率很高，不管是遇见贵史的妻子、美娜、小光，还是那个老太婆。

要与小光认识简直非常简单。不知道贵史是被上次在车站遇见的中年情人吸引注意力了，还是对我这个人实在太信任，他对我总是有问必答。家庭住址，电话号码，孩子们的名字、年龄，甚至是学费和孩子们的成绩，全都一五一十地和我说过。他还曾笑着抱怨："越笨的孩子花钱越多。"记得上次他女儿美娜过生日，他还把一家人在餐厅用拍立得拍的照片拿给我看。所以，我想要认识小光实在是简单得手到擒来。

我好几次特意翘班去跟踪小光。小光读的是初高中一贯制的学校，学生人数太多了，一开始找他还费了我一番力气。不过一旦找到了，很快就能从一群学生中把他认出来。他大概是没什么朋友吧，所以经常一个人行动。他每天放学后就坐上公交车，来到"探索购物中心"闲逛，然后又坐公交车回到他家所在的大型小区。有时候他也会跑到"探索购物中心"后面的商品住宅售楼处去看看，我觉得他真是个奇怪的孩子。难道小光在他爸爸说的那个小区的家里没有自己的房间吗？还是想要一个院子养宠物？小光总是在那个人很少的展示区里到处看，有时候仿佛下定了决心一般走进样板间展厅，有时候什么地方都不去，只是在干燥的柏油马路上走着。

原本我还慎重地策划如何认识小光，后面发现似乎没这个必要。我在小光周围出现的次数多起来后，有一天他突然主动跟我搭话："我想进去参观一下，但是工作人员看我是个初中生，不让我进，说要有家长陪同才可以。不好意思，你能陪我进去看看吗？"

我们假装是等不及下次放假一起和父母进来的姐弟，顺利地混了进去。我扮演的是即将结婚，却被伤心不舍的父母强留在家里一段时间的姐姐，而小光扮演的是夹在父母和长姐之间不知所措的弟弟。有些销售人员识破了我们的谎言，露出不耐烦的样子，把我们丢在一旁不管，继续工作。

"妈妈说吧台式厨房比较好，但我觉得已经过时了，还是中岛型更好。我也答应了和他们住在一起，我都做出让步了，他们也该听一听我的话吧！你说对吧，贵史？"我化身他的姐姐，对战战兢兢地到处看的小光说。小光耳朵通红地连连点头。也有销售人员被我们的演技骗了，把宣传小册子和礼品装进袋子里塞给我们。这一天，我们看了将近三分之一的样板间展厅。

离开样板间展厅时，我俩心照不宣地相视一笑。

"真巧啊！我爸的名字也是贵史。虽然这个名字随处可见，但当你说出来的时候，真把我吓了一跳，差点儿在样板间里喊出来呢！"也许是因为参观样板间展厅的心愿达成了，心情激动的小光声音有点儿飘忽。

我们一边走向公交车站，一边在路上聊了起来。小光告诉我，他并不是想要买房子，而是对房子很感兴趣。我觉得他是个认真的初中生，于是告诉他我是美术学校的毕业生。果不其然，小光对我更感兴趣了，问了许多问题："那所学校里有建筑课程吗？""建筑系教些什么？""哪些学校有建筑系？""比起建造房子的技术，我更想学习为什么这座房子要设计成这样。

日本有教这些课程的学校吗？"

夕阳西下，在靛蓝色的天空下，小光热情地向我提问，差点儿把我问晕了。于是我顺势提出要和他做朋友，那种可以经常见面，一起去看样板间，聊美术学校的"朋友"。

小光却说想要我当他的家庭教师。因为他不想让家人知道他对住宅感兴趣，特别是一定要对他妈妈保密。如果是当家庭教师和学生的话，他觉得我们之间会容易成为"朋友"，而且他要请教我问题，总不能光问不付钱吧，但是他那点儿零花儿根本不值一提。听了他后面跟我说的话，我只觉得就一个初中生年龄的孩子来说，小光不是聪明绝顶就是善解人意，所以我同意了他找我当家庭教师的提议。后来再深想，这个意想不到的发展方向，真是有点儿诡异可怕了。

和小光母亲见面，把当家庭教师的事情谈妥之后，我开始怀疑自己的动机：每周一次潜入情夫家，到底是为了什么？事实上，我既不想破坏他的家庭，也不想夺走他，更不想以此胁迫他为我做些什么，我也搞不清自己的意图。就这样，在懵懵懂懂间，第一次当家庭教师的课程完成了。

"小三奈，真对不起！我又迟到了，今天我请客赔礼，吃什么都可以！"双手合十的贵史出现在我眼前，一副求原谅的模样。

"真是的，既然知道会迟到，提前给我打个电话不行吗？这样我就不用呆呆地在这里等你，可以去逛街了！"说完之后我站起身，发现窗外夕阳早已落下，夜空一片漆黑。

"真对不起！我刚要出门的时候接到一个客户的投诉电话，说上个月卖给亚洲杂货店的巴厘岛壁挂画长虫子了，大家都十分惊讶呢！"他说。

"真是的，算了算了，那今天吃什么全由我决定好了！"我说。

"好好好，全部听你的！想吃什么？我请客。"他说。

"那当然啦！"我说。

走出咖啡店，寒风十分刺骨。我不由自主地去握贵史的手，可是被他巧妙地躲开了。他一定是担心会被家人撞见吧。我把空出来的手插进夹克外套的口袋里取暖。

"我想去情人旅馆。"我突然说。

"什么？"贵史回过头来，大喊一声。

"我现在就想去，等不及了。"我说。

"那晚餐怎么办？"贵史皱起眉毛。但我能从他皱成八字的眉毛间看出来，其实他心里是激动雀跃的。自从第一次见面我就知道，贵史这个男人像个透明的杯子，不管怎么装扮雕琢，实际上蠢笨得一眼就能看透。或许他正开心着终于能离开这个可能会遇见家人的地方了，不需要再提心吊胆地在附近走动，为可以尽快和我进行亲密活动而欢呼雀跃着。

"可以在旅馆里点餐呀！多买些啤酒吧，早点儿去旅馆休息吧。"我说。

"真拿你没办法啊。不过，小三奈，不是'休息'，是'休憩'吧？"他说。

我们沿着汽车川流不息的国道走着。

"好久没做爱了。"走在我前面的贵史说。

汽车的轰鸣声一旦停下来，便能清晰地听到细长尖锐的虫鸣声。

"哇，'野猴旅馆'！这名字是不是很夸张？我想去那里，好，就定这家了。"我说完后，小跑着超过了前面的贵史。

"啊？不是还有很多旅馆比这家的名字好听吗？比如'陶罐旅馆'，那家不是更好吗？"贵史虽然这么说，却还是跟上来了。

看来这个"透明杯子"男人早就忘记了，他曾半开玩笑地和我说过他在学生时代与打工认识的女人，在"野猴旅馆"里约会后，因避孕失败而导致女人怀孕，只好奉子成婚的往事。

我们入住的是505号房间。才关上房门，贵史就迫不及待地拥吻我。我一边和他亲吻着，一边用眼睛观察这个房间。记得上次来时的那个房间全是粉色的少女风装饰，而这个比粉色房间稍微狭窄一些的房间更清爽整洁，床罩和沙发都是蓝色条纹的图案。

"小三奈，我真想你……"贵史被情欲冲昏了头脑，一只手抚摸着我的臀部说。

当年他在这家旅馆里有了孩子，而我又和他的孩子一起来过同一家情人旅馆，真是超越常识的怪诞和变态。

连续做了两次后，我们筋疲力尽地瘫软在床上，望着天花板上的镜子。光裸的我和贵史的身影映照在镜子里，仿佛浮游在黑暗中。我点燃一支香烟，直盯着镜子里自己的身影，沉默着抽烟。贵史亲吻过我的胸部后，站起身从冰箱里拿出啤酒。他身材消瘦得难看，只有肚子凸出来。

"味道真好！小三奈你喝吗？"贵史问。

"嗯，给我拿一罐吧。"我说。

我坐在床上，把贵史递给我的啤酒喝光，突然感到喉咙一阵刺痛。

"下次来家里当家庭教师是什么时候？"贵史打开房间的灯，一边看着菜单，一边若无其事地问。

"哎呀，你也记一下呀！是每周四。"我说。

"是吗？也就是说后天咯？话说这里的餐食种类真多啊，有意大利面、刺身、拉面、牛肉饭，多种多样，什么都有呢。"他说。

"我随便吃点儿就行。我喝了啤酒就没有食欲了。如果小贵想点餐的话，就帮我点个简餐吧。"我说。

"真的不出去吃吗？就在这种地方吃晚餐？"他问。

"嗯，我又累又困的，不想再出去了。"喝完啤酒的我，又躺倒在床上，闭上了眼睛。

"那天可真是吓死我了！看见小三奈在我家的时候，我差点儿吓晕过去。这件事算是我人生中的三大惊悚事件之一了。第一件是听说当时还是女朋友的老婆怀上了我的孩子，第二件是看到母猫吃了刚生下来的小猫崽，第三件当然就是那天在家里看到你！"

贵史的声音渐渐变得遥远起来。日光灯的光残留在我的眼底，我在沾了汗水、有点儿潮湿的床上沉沉睡去了。

一开始，贵史完全无法接受我当上了他儿子的家庭教师的事，他气势汹汹地想要和我断绝关系。他不再联系我，当然也没问我为什么会出现在他家里。手机打不通，连打他公司的电话也找不到人。我趁傍晚下班时间去他的公司堵他，却根本没见到他。

真是令人发笑的"逃亡"行为啊。对于这样一个拼命躲开我的笨蛋男人，我甚至感到十分同情。一个年近四十岁的男人，竟然还不懂"一味逃避只会让事态恶化"的道理。我猜想，不管是从前还是现在，他面对恋爱、家庭、工作，乃至整个人生，全都是以这样的态度去应付的吧。

让他感到更难堪的事情还在后面。当他发现我每周一次到京桥家都是老老实实地守好家教的本分，丝毫没有惹麻烦、搞事情的迹象后，又开始慢慢找机会接近我，打算修复关系。他自认为暂时没有暴露的危险，便立刻恢复了妄自尊大的德行。每逢去他家上家教课的周四，这个男人常常会提早回家，想方设法让我留下来一起吃晚餐。搞不明白有什么好让他防备的，有一次他还找机会送我去公交车站，然后在楼梯拐角处和我卿卿我我。在那之后，他该不会顶着鼓鼓囊囊的裤裆回家了吧？真是够愚蠢的。

　　但是，正因为他是个空洞无物、愚不可及的"透明杯子"男人，也从不自己作选择，我才和他交往的。他每次碰到麻烦时都会不管不顾地轻易放弃，根本坚持不了。

　　电话铃声像慢慢靠近的脚步声似的，在我耳边响个不停。又来了，又是那个梦。我想跳起来把那个梦打碎，却和正坐在对面沙发上吃面的贵史四目相对。

　　放在床边的客房电话不停地响着。

　　"接电话！"我不耐烦地说。

　　"我还没吃完饭呢，小三奈先接吧。"贵史还在吃着面条，不愿意接电话。

　　"才不要呢。为什么偏要我接啊？"我说。

　　"唉，真是的，等我先把这口面条咽下去。"他说。

　　几秒钟后，贵史终于接起了电话。我从床上起身，看到茶几上有拉面和饺子，电视里正播着成人影片。因为这个房间里没有窗户，所以我总觉得空间狭窄难耐。整个房间洒满了橙色的灯光，连房间的每个角落都映照着柔和的光。

"是的，不住宿，只休息。这样啊，再见。"只见贵史在床边正襟危坐，把电话听筒紧贴在耳边，不断点头。

"讨厌啦，我们今晚在这里过夜嘛！"我说。刚才侵入梦境的铃声一直萦绕在我的耳旁。

"啊？过夜？但是我明天还要早起上班……"贵史用一只手捂住话筒，压低声音说。

"你不是说过今天不管小三奈说什么都会听从的吗？骗子！"我把一个冷掉的饺子塞进嘴里，怒气冲冲地说。

"啊，不好意思，可以改成住一晚吗？哦，费用没关系的。这样啊，那就麻烦您了。"贵史对着电话说。

挂断电话的贵史从后面抱住站在电视前吃着冷饺子的我，说："真是的，今天的小三奈真任性呢！你之前从来没要求过要过夜。"

我面无表情地看着电视画面上那个女人白皙的脸蛋。

"要不要去唱卡拉OK？现在才晚上十点，早得很呢。从这里走过去很近的，如果去唱卡拉 OK 的话就不过夜了。"我说。

"卡拉 OK 啊……"贵史从后面抚摸着我的身体，小声嘀咕着，声音听起来像在盘算着什么。我猜他是在犹豫该冒着承担出现麻烦的风险，讨我欢心而在外面过夜呢，还是就算晚归，也要在家里睡觉才比较安全呢？他用小小的脑袋费尽心思地计算得失。

"那我们去唱卡拉 OK 吧，我也好久没有唱歌了。"他最后决定了。

"要去唱卡拉 OK 的话，不如把小光也叫过来吧。如果他爸爸也在的话，就不会发生上次那样的麻烦事了。爸爸，我们打电话叫小光来嘛！"我说。

"真会开玩笑啊，小三奈。你适可而止吧！"贵史边说边把我拽过来，按倒在床上。

他一只手插入我浓密的头发中，把舌头伸进我的嘴里。"对了，你刚才睡觉的时候是不是做噩梦了？你刚才很大声地说梦话了呢！别担心，有我在呢……"用装模作样的语气说完话的贵史，把头埋进我的胸脯，不停地舔舐起来。我的目光越过男人的肩膀，与天花板上镜子里的长发女人四目相对。

　　小光的房间作为一间男孩儿的房间，给人一种冷冰冰且毫无生气的感觉。虽然整理得倒是相当整齐，但他的房间并没有色彩上的统一感。摆放着塑料玩具和怪兽公仔，理应会增添一些生活气息的；可是不知为何，当我坐在小光身边时，只觉得身处一个死气沉沉的场所里。所以，当小光的房间里充满了一股酸臭味时，我不禁产生了混乱感。突然有一天，不知从哪个抽屉里散发出了酸臭味，感觉像有糕点被长时间遗忘在里面了。我困惑地用鼻子四处嗅闻着。

　　"老师，这里应该不是您的家，对吧？那么这里是哪里？"小光指着书桌上那排照片里的一张，问道。

　　我凑近那张褪色的照片，说："哦，这是住在隔壁那栋房子里的女孩儿的家。她叫什么名字来着？对了，叫小浓。"

　　"这样啊，这个房子看起来很旧了呢。"他说。

"这个门帘、矮桌和茶具柜，都散发着复古的气息。"我说。

"整个小区都是朝南的吧？那么那个女孩儿的家，不论是布局还是窗户的位置，全都和老师您的家一样吗？咦，看起来应该说相反才对。我们面对着照片，老师的家在三楼，所以……"小光喋喋不休。

虽然我当家教是教小光计算机和英文，但我没教会他多少知识。他的成绩并不好，学习兴趣也不大。我也搞不清楚小光究竟是对什么有特别的兴趣，他老是和我谈论建筑和房子，可是哪一方面才是他真正感兴趣的？是室内装修、房子结构、建筑设计，还是别人的家庭生活呢？我根本搞不明白他真正的想法。不过我收取了家教费，他问我问题，我也会去图书馆借合适的书籍杂志，或者从自己的书柜里找书，认真地帮他寻找答案。如果他问计算机和英文方面的问题，我也能立马回答他。正如贵史所说的那样，小光所在的学校本来就不怎么样，所以以我本来的知识水平也足以解答他大部分的日文和英文问题。

"大约二十年前，那时候我才七岁，你和美娜连受精卵都不是呢！"我说。

我说话的时候，小光一言不发地低头看着照片。二十年前，当我和小浓兴致勃勃地玩着"鬼太郎扑克牌"的同时，贵史该不会正和现在的妻子约会吧？

"我这么说您可别生气啊，这栋房子的外观真难看。方方正正的模样，看起来冷冰冰的，一点儿都不讨喜，还很不坚固。"小光说。

"是啊。"我说。

"中间的沙坑设置得也不合理。五年后孩子们都长大了，谁还会去沙坑里玩呢？留着只会碍事。一群年纪相当的年轻夫妻搬到这里来，然后怀孕生子，当年在这里出生的孩子，有一半长大后会成为不良分子。这些建筑和游乐场，都会跟着居民一起老去，多年以后，这些设施就理所当然地再也没人去使用了。"小光说。

我再次把脸靠近那张褪色的照片，而小光还在侃侃而谈，自认为活跃了气氛。我眺望着窗外，嘴里随意地应答着小光。从我的位置望出去，只见淡蓝色的天空和停在电线上的几只麻雀。

酸臭味渐渐消散，轮到麻油味充斥在房间里。小光完全察觉不到，看来人们对家里常有的味道会异常地迟钝。

"今天为什么要帮我庆祝生日？"我说。

原本低着头看照片的小光，抬起头看着我说："大概是因为您过生日？"

"我不是这个意思，我是想问为什么你的家人要为我庆祝生日呢？"我手肘撑在小光的书桌上，托着腮问。

三天前，贵史妻子打来电话，用没有抑扬顿挫的生硬语调说："如果方便的话，这次家教课结束后的时间能空出来吗？大家都兴致勃勃地说想帮老师庆祝生日。"

我以为她有什么企图，但我懒得深思其背后的阴谋，干脆勉强接受说："哇，真的吗？讨厌啦。"

"我家的'门'都是自动上锁的。"小光靠在椅背上，看着天花板说。

"什么意思？"我问。

"附近这一带的住户都一样，毕竟是乡下地方，每户的门都不上锁，不怎么在乎是否有外人出入，在家里招待陌生人是常有的事。但家里仍然会有一扇扇看不见的'门'，没人能打开，也绝不会告诉你密码。表面上告诉你随便出入也没问题，实际上却是自动上锁的。"小光说完，抬头看了看墙上的挂钟。

"你说的是物理方面的原理，还是心理方面的感受？"我问。

"都有吧。我家里是这样的，去我朋友家时也有同样的感觉，连我姐姐的男朋友家好像也是这样的。大概是本地居民的习性吧。我想说的是，我们家虽然想帮老师庆祝生日，却觉得花钱是负担。"小光自嘲地说。

正当我想和小光说，不光是他们家这一带，包括我的原生家庭在内，大家的想法都一样时，忽然有人来轻轻地敲门。

"打扰了。如果家教课上得差不多了的话，请小光过来帮忙吧。美娜还没回家，我需要小光帮我一下。"门外传来了贵史妻子的声音。

小光看着我，露出了为难的笑容。

客厅和厨房一片混乱。餐桌上有一桶寿司米饭，放在砧板上的是薄薄的煎蛋皮。客厅里到处散落着折好的折纸。

"小光，帮我把折纸贴上墙，装饰起来。你知道怎么贴吧？把它贴在这里，像往常那样贴好。北野老师您是客人，请坐下。"站在厨房吧台后面的贵史妻子声音比电话里还高了两个八度。

"不如我也来帮忙吧。这样能比较快地做完。你们特意费心帮我庆祝生日，太让我过意不去了。"我主动请缨帮忙。

"是吗？真的吗？那就拜托老师了。请您先用那边的扇子把桶里的米饭扇凉一些，然后把旁边的寿司醋均匀地淋上去。好了之后来我这边，帮我打开虾背把虾肠去掉，然后再……"她说。

"妈，不要太得意忘形啦！老师，我妈会没完没了地安排别人做事，您就看着随便做做吧。"小光说。

我和贵史妻子都被小光逗笑了。小光把怪异的手抄报贴在墙上，那张白纸上用记号笔写了字，还加上了黄黄绿绿的花边。

我一边用手摇动着扇子给米饭扇风，一边若无其事地盯着自己的手，脸上不自然的笑容消失了。这时候，按着手抄报右半部分的小光突然回头看着我。

手抄报上有被粉色边框围起来的蓝色文字，上半部分写着"生日快乐"，下半部分写着"北野老师和外婆"，旁边还画有一个爱心。

"妈！"小光用粗哑的声音喊道。

"什么事？"

"这个用纸巾做的穷酸纸花还要装饰上去吗？今天会有多少人来参加？"小光说。

"六个人啊。我不是早就说过了吗？"贵史妻子从厨房走出来，望着小光说。

"难道我没提到外婆会来吗？"她接着说。

"之前没听你说过。"小光灵巧地把纸巾花贴在手抄报上。

"你忘了下周是外婆的生日吗？你该不会也忘了准备礼物吧？那可不行啊。要是爸爸和美娜一样忘记了怎么办？只送礼物给老师，外婆没有礼物的话，好像太过分了……"她说。

小光一言不发，我也安静地把寿司醋浇到米饭上，用饭勺轻轻地搅拌着。

"唉，好吧好吧，就跟外婆解释说，这是大家一起出钱买的礼物吧。老师也在场，她应该不会闹别扭吧。"贵史妻子一边走回厨房，一边自言自语，声音还挺响亮的。

我和小光再次束手无策地四目相对。我从他的眼神中知道，上次在旅馆里见过的那个老太婆，就是今天要来的外婆。一瞬间我想假装肚子疼，立刻回家去，但不知怎的，下一秒又觉得这根本无所谓了。不正常的分明是这家怪人，我又何必替他们操心那么多呢？

"寿司米饭做好了。下一项是要去掉虾肠对吧？"我问。

我故作心情明朗的样子，走进厨房中，发现站在厨房里就可以将整个客厅一览无余。小光正在用胶带把纸做的彩环贴到房梁上，电视屏幕上映照出小光的身影，对面的观叶植物和寿司饭桶也能轻松看清。

"在我们家里，当天过生日的人，可以在生日餐会上选自己喜欢的食物，畅吃到饱。昨天晚上忘记问老师爱吃的是什么了，所以今天主要做了外婆喜欢的炸虾天妇罗，对不起啦。"站在我旁边的贵史妻子一边切开沙丁鱼，一边对我说。我用竹签挑出虾肠，呆滞茫然地看着双手沾满鱼内脏血的贵史妻子。

"其实大家原本是想去外面吃饭的，我们家经济情况比较好的时候也会在外面的餐厅庆祝生日。说来有些惭愧，这次只能在家里开生日会了。本来想请老师去餐厅庆祝生日，但联想到老师一个人住，偶尔尝尝家常菜也不错呢。哈哈哈哈，其实这是省钱的小借口啦！"她说。

"让大家为我庆祝生日，真不好意思呢。"我说。

"别这么客气。我们家的人都很喜欢热闹，而且比起只给外婆一人庆祝，北野老师也在的话会更热闹更开心呢！哎呀，小光，你怎么布置成这个样子了！你离远一点儿再看看，全都挤在一个地方装饰，不好看呀。"贵史妻子说。

"真啰唆啊！你有意见的话，自己贴吧！"小光说。

"小光你这是什么态度，真让人生气！罚你少吃一只炸虾。"贵史妻子说。

"啊，糟了……"小光说。

第一次和这家人一起吃饭的时候，我就觉得这个家给我一种很熟悉的感觉。究竟是什么感觉呢？

从那时开始，我一直在想为什么会有熟悉的感觉，直到看到小光刚刚装饰在客厅里的折纸和纸巾花，我才恍然大悟，这很像"才艺成果展览"。贵史妻子兴奋不已，一副狂躁的模样，对着沙坑照片说"不合理"的小光，其实还是个孩子。墙上贴着写有碍眼的"生日快乐"字样的手抄报，纸花更使房间显得俗气，看起来像极了才艺成果展览！

"我回来了！"玄关处传来开门的声音，是美娜在走道那头大喊，宛如在舞台上初次登场的新人物。

"三奈老师，终于见到你啦！笨蛋小光，只会散播错误的消息！"她说。

"喂，美娜，先去换衣服！你们为什么能这么吵？"贵史妻子说。

我凝视着贵史妻子的手，暗红色的鱼内脏顺着她的指尖掉到水槽里，而我不知道自己除了她的双手之外，还能正视哪里。

贵史妻子开始制作炸虾天妇罗，美娜和小光在餐桌旁摆好餐具，我独自茫然地坐在沙发上看电视。时间来到晚上六点半，门铃响了，轮到那个老太婆登场了。

老太婆穿着一身浓绿色的正式套装，一看到坐在沙发上的我，就立刻移开了视线。看来这个老太婆早就知道今天会和我同席吃饭了。

"这位是北野老师，小光的家庭教师。"贵史妻子在厨房里高声介绍道。

"小光就麻烦您多多关照了。"老太婆深深弯腰，鞠了一躬。

"真是的，早和爸爸说了六点半开席，他还迟到。"
美娜说。

"不是早就告诉过你嘛，和贵史约时间一定要说早半个小时才行，不然他一定无法准时到达。"老太婆说。

"外婆，不是啦，我们拜托他去'探索购物中心'买限定发售的蛋糕了。妈妈，现在他一定还在排队呢，你说对不对？"美娜说。

"这样子啊，那我错怪他了。听说要排很久的队才能买到。"老太婆说。

坐在沙发角落里的我，安静地听着这家人你一言我一语地聊天。为什么他们没人发现自己正身处一个荒诞不经的古怪场景里呢？纸巾花、折纸、字迹潦草的手抄报，在情人旅馆里见过面的小光和他外婆，歇斯底里地演绎着家庭幸福的贵史妻子。落地玻璃窗上映出蓝色的天空，阳台上盛开着颜色不自然，搭配也不好看的鲜花。

"不等爸爸了，我们先干杯吧！等一会儿再去做爸爸的炸虾天妇罗好了。北野老师，这边请。"贵史妻子说。

我听从她的建议，起身来到长方形餐桌的短边位置落座。老太婆坐在另一头，根本不看我一眼。餐桌上摆放着沙丁鱼寿司，一大盆炸虾天妇罗，炸蟹腿和鸡肉沙拉。贵史妻子往我的杯子里倒满啤酒时，玄关处传来了开门声，是贵史回来了。

"啊，刚好赶上了！等我五秒钟！"贵史一边说着一边跑到厨房洗手，然后在我斜右前方的位置坐下。

"孩子他爸，你迟到了哦。"贵史妻子说。

"蛋糕买到了吗？"美娜问。

"哦，买了买了。是'凯旋进行曲蛋糕店'很有名气的主厨制作的，又黑又大又圆的那款对吧？刚放进冰箱里。"

"等等，你搞错了！不是什么'凯旋进行曲蛋糕店'，我们说的是'泷泽西点'的巧克力蛋糕。说了那么多遍，怎么还是搞错了？真不敢相信你还是搞错了。"美娜说。

"什么'泷泽西点'？漫画吗？什么蛋糕店啊，要取那种奇怪的名字。"贵史说。

"啊，真是的！爸爸什么都不懂！唉，都怪我，拜托爸爸去买蛋糕的我是笨蛋。"美娜说。

"喂，姐姐！你说够了吧！今天又不是你的生日。"小光说。

"对哦。老师，真对不起啊，我们一家人都是笨蛋。那么，我们干杯吧！庆祝北野老师第二十七次生日和外婆第 N 次生日，生日快乐！"贵史妻子说完，一口气喝光了杯子里的啤酒，然后突然开始唱生日歌。我哑然失笑地看着贵史，他却是一副见怪不怪的平常表情，也往自己的杯子里倒了啤酒。美娜也开始跟着贵史妻子高声唱起生日歌。唱完后两人还欢呼着鼓掌："耶！"小光和贵史也拍手附和。

没人觉得这个家很奇怪吗？不觉得太像才艺成果展览了吗？我也把杯子里的啤酒一饮而尽。

"哦耶！"贵史欢呼着帮我续满了杯里的啤酒。平时和我在一起的贵史表现得很普通，导致我以为他是在默默忍受家里奇怪荒诞的氛围，但事实并不是我想的那样。只要贵史还是这个家的一员，那么他肯定会和其他人一样不对劲。

这家人究竟在搞什么鬼？明明他们每个人独处的时候是那么古怪，可是聚在一起时，为什么又能摆出如此正常普通的神情呢？一副这就是极普通的家庭日常，他们是极普通的一家人的神情。

我看了一眼贵史妻子的手，刚才还沾满鱼内脏脏污的手指，现在已洗得白皙又光洁，正朝着我伸过来。

"老师，请把盘子给我，我来分沙拉。"她说。

"啊，不好意思。"我说着就把盘子递给她，然后又喝光了杯子里的啤酒。

餐桌上方的日光灯明亮地照耀着每一个人。我在样板间展厅前认识小光的时候，就在想我为什么要特意和情人的儿子交朋友。现在我终于明白了，我只是想亲眼看看傻瓜"透明杯子"男人的奇怪家庭究竟是怎样的。

上次我对小光外婆说的话里，有一半是谎话。我的父亲确实早已不在世上，但母亲活得好好的。 不过，由于我早就决定不再与她来往，所以我谎称她已经过世了，在我眼里没多大差别。

父亲过世的时候，我十九岁。

那个周五的晚上，已经到了深夜，我注意到电话一直在响个不停。 当时十九岁的我住在东京，每天和在专科学校认识的男朋友待在一起，对于男朋友以外的其他人可以说是丝毫不感兴趣。 电话铃声持续不停地响的时候，我正和男朋友躺在床上。

我之所以会那么清楚地记得那天是周五，是因为我和男朋友约好了，第二天我们要在床上玩到天亮。 明明已经是秋天了，我们还是整夜开着空调，忙着在床上激战，根本没打算下床接听电话。 趴在我身上的男人咂着嘴巴嫌电话吵闹，我双脚缠在他身上，告诉他别管铃声了，等一会儿自然会停下来。 不过我还是不由自主地开始数铃声："十五、十六、十七……"真久啊！数到"二十"的时候，男朋友和铃声像商量好的一样，同时停了下来。

第二天，我住在男朋友家。隔了一天，我回到自己家后，铃声再次响起来。

我拿起话筒，还没等我说话，对面陌生的声音就先问我是谁，我没忍住，反问她："你又是谁？"一阵沉默过后，对方问我："是三奈吗？"我回答"是"，然后那个陌生女人突然开始用像按照一定节奏快速地切黄瓜似的怪异语调，喋喋不休地说了起来："我从昨天开始就一直在打这个电话。我不知道其他人的联络方式，也没有任何记录，实在是太难办了，只好一直按重播键。我想一定会有认识的人接听电话，没想到接电话的是他的女儿。你父亲在事务所昏倒了，时间大概是前天的深夜。不过我是昨天中午过后才去他那里的，如果他能早一点儿被发现的话，或许还有救……"

女人沉默了一会儿，然后又用切菜似的有特定规律的语调说："我现在告诉你医院的地址，你能记下来吗？还有，千万不要和你母亲联系，三奈自己一个人过来比较好。我会在这里等你，请你尽快过来吧。"

我完全搞不懂她在说什么。"事务所"？父亲不是在食品进出口公司工作的上班族吗？什么"如果他能早一点儿被发现的话，或许还有救"？这是什么意思？难道已经没有任何办法了吗？重播电话？我没有接到父亲打给我的电话啊！

思考了片刻，我突然全身一震，前天深夜里持续不断的电话铃声，是父亲拨打给我的吗？怎么可能?！又不是盛夏的灵异节目。

我换乘了几趟电车，不到一个小时就来到了电话里说的医院。一位瘦骨嶙峋的女人正在等我，随后把我带进病房。父亲的鼻孔里插着细管，另一端与旁边的陌生机器相连。我耐着性子安静地听医生说："前天，你父亲和同事在东京市区内的酒馆喝完酒后回到事务所，因为突发蛛网膜下腔出血，昏倒在地上，直到第二天中午才被这位女士发现。虽然马上送来了医院，但现在动手术为时已晚了。"

父亲身旁那台夸张的机器屏幕上显示出绿色的波状起伏线条。我听着"嘭、嘭"的节奏规律的声音，看着屏幕上的绿点描绘出绿色线条后又消失的画面，拼命地想要理解眼前发生的这一切。护士抬起父亲的双腿按摩，说是可以刺激病人的心脏血流。有人说，要是病人没有在昏倒近十个小时后才被发现，如果发现得再早一些，或许情况就不会如此糟糕；有人说病人一定也在努力加油，让我多多呼喊父亲的名字去帮助他。是谁在和我说话？护士，那个女人，还是医生？

走出病房后，女人突然握住我的手，叫我马上联系母亲，但千万不能提起她和事务所的事。女人用和电话里一样冷漠又气势汹汹的语气叮嘱我，不厌其烦地要我对母亲说谎："你父亲周五晚上与几个同事一起在市区喝酒，回家途中晕倒在了路上，被人发现后送来了医院。当时他的笔记本上只有我的电话，所以医生直接联络了我。"

女人甚至还要求我复述一遍。我看着女人瘦削的脸，她的双眼被映衬得像孩童的眼睛一般大。我木然地按照女人的要求，对母亲说了一遍谎话。女人在一旁安静地听着，直到我挂断电话，才把写着地址的纸条和钥匙塞给我。接着她消失得无影无踪。我整个人仿佛沉醉在梦中，所以感觉不到恐惧、不安、困惑和悲伤。

等到母亲来到医院时，各种感觉才突然变得急切且真实。我们二十四小时轮流观察和照顾父亲，有空才能打一会儿盹儿。第二天，我们按照医生的建议，联络了亲戚。有好几个人匆匆忙忙赶到医院来探视。这期间父亲靠人工呼吸机维持着生命，到了第四天的清晨，父亲终于永远地闭上了眼睛。我和母亲与不知道从哪里冒出来的殡仪馆工作人员，认真细致地商量好葬礼的一切事宜，其中诸多细节的处理方法多到让人哭笑不得。同时，我们还要四处联络父亲生前有来往的亲朋好友。就这样脚不沾地地忙碌了好几天。恍惚之间，我有种错觉，那就是通知我来医院的瘦削女人只是个幻觉，甚至觉得我是为了缓解家人突然离世所带来的压力，在内心的自我防卫机制的作用下，在自己的幻想中虚构出来了一个不存在的女人。

葬礼定于第二天晚上举行。当天中午我离开乱哄哄的老家，按照纸条上的地址，探访了父亲的"事务所"。从东京市区乘坐电车，出站后步行五分钟就到达目的地了，那是一栋年代久远的五层建筑物，父亲的"事务所"位于四楼的拐角处。我转动钥匙开门时，紧张得心跳加速。

打开房门，扑面而来的是一股馊味。走进房间，里面的窗户全都敞开着。一室一厅结构的房间里，除了餐桌，并没有摆放什么大型家具。不知道是那个女人曾来收拾过，还是本来就是整洁的，房间干净通透。充足明亮的阳光从南面和西面的窗户照射进来，一阵凉风吹过，死亡和葬礼仿佛离我远去了。我来到厨房边放电话的架子旁。半夜，父亲与同事喝完酒后回到这里，突然觉得身体非常不舒服，在厕所呕吐了好几次，他意识到这并不是普通的醉酒呕吐，于是爬到电话旁，一边呕吐一边给我打电话。直到第二天，那个女人来到这里，才发现倒在呕吐物中的父亲。她应该是根据当时房内的情况，推测出是那天半夜里发生的事。

整个房间里弥漫着一股呕吐物被清理后留下的淡

淡的馊味，但木地板已被清理干净，并没有留下任何痕迹。我拿起电话听筒贴在耳边，里头却没有传来任何声音。我环顾四周，发现电话线头已经被拔了出来。拿着听筒的我，突然明白了一切。

这个"事务所"为什么会存在？那个女人以及她那让人无法理解的冷漠语气究竟代表着什么？忽然，那些早已被我遗忘在孩童时代里、当年我无法看明白的往事，重新一一浮现在脑海里，如同台球一般互相碰撞，勾勒出清晰的走位线路。

我记得那一天，来幼儿园接我放学的不是母亲，而是那个陌生的女人。女人从商业街上给我买了冰激凌，并送我回家。不知为何，我没能把这件事告诉母亲，只好骗她说我是一个人回家的。从小学三年级的夏天开始，我们家原本每年一次的亲子旅游连续中断了两年，可是那时候的我偷偷溜进被父亲称为"书房"的杂物间时，明明发现了成捆的旅游手册。初中一年级的春天，在非假日的时间里，我请了三天假，和母亲一起回到她的长野老家。在母亲老家期间，我陪母亲、外公和外婆泡温泉，到寺庙玩耍和吃烧饼，玩得很开心。也是在这段时间里，家里常常接到很多无声电话。有时候母亲不在家，我接了电话，报上北野家的姓氏后，对方便会迅速挂断电话。这样的无声电话持续了一段时间。升高中时，父亲送了我一块当时还未进口的某个欧洲品牌的手表。我心中满是疑问，无法将父亲和欧洲的品牌联系到一起。

"原来时间都过去这么久了，是三奈吗？"那天电话里陌生女人的声音，和幼儿园时从栅栏那头喊我的声音，竟然在我的耳朵里合二为一。如果从那时候算起，父亲已经与那个女人来往了十五年。即使曾经被母亲发现过，他们两人依然没有分开，父亲甚至在市区准备了一个公寓用来与她幽会。那个女人用奇怪的语气说话，想必是因为心里在拼命压制怒火吧。她如此愤怒，是因为父亲在如此危急的情况下还是不叫救护车的愚蠢行为，也是因为父亲最后向放荡的笨女儿求救而不是给她打电话。

放荡的笨女儿，笨得连自己父亲命在旦夕都不知道，连父亲最后性命攸关的求救电话都能忽视。因为父亲当天深夜突然离去，所以他背后的那个女人永远无法得到承认，他们的关系只能无声无息地成为无人知晓的往事之一了。她是对此悲愤不已吧！从贴在耳旁的沉重的黑色听筒里，似乎能隐约听到那个女人腹语般的低语。

当我回家时，葬礼已大致准备妥当了。离开父亲的小公寓后，我一直犹豫着要不要把这件事告诉母亲。但我一踏进家门，便立刻意识到自己不可能说出口了。昨天还平静地守护着父亲，与殡仪馆商量父亲后事的母亲，穿着昨天的牛仔裤，在一群人忙着布置东西的和室里，突然像个孩子般号啕大哭起来。母亲的弟弟一直陪在旁边安慰她。接近葬礼开始的时间，母亲依然在悲痛地哭泣，只好由舅妈和外婆搀扶着她到里面的房间换衣服。

父亲的葬礼结束后，母亲依然痛哭不已，哭累了就望着天空发呆。她突然看了我一眼，喃喃地问："他为什么第一时间联络你？"

"为什么阿正只记住了你的电话号码？"我第一次听母亲喊父亲的小名。

母亲开始没完没了地自言自语："如果你没搬离家里，他的电话就会打到家里来。如果他打家里的电话，我就能接到，马上赶过去。"

母亲手指拨弄着榻榻米的边缘，嘴里的独白还在继续："你为什么要离家一个人生活？就算从家里去上学比较费时间，但也不是不能接受吧。这个房子是阿正辛苦工作，赚钱买来给我们的，你为什么要搬出去？为什么就算需要打工来补贴房租，也要住在外面？"

母亲逻辑跳跃，但最后又回到原点："他为什么第一时间联络你？"

母亲被彻底蒙在鼓里了。她完全想不到，在这个地球上，爸爸有一间与情人幽会的公寓，并且他们的关系持续了十五年。或许有人告诉母亲世界上有外星人存在，她反而会更容易相信呢！

不管怎么说，四十九天过去了，百日也过去了，买好的墓地里立起了墓碑，骨灰也存放妥当。表面上我们的生活恢复了正常，母亲也恢复了原来的作息。

就算这样，母亲还是经常突然质问我："为什么他只记住了你的电话？"以这句话为开端，她开始不断重复兜圈子的话，来指责特意回家探望她的我。

不可思议的是，面对这样咄咄逼人、不断将矛头指向我的指责的话，我从来没有生过气，也从来没有对以前做出的一个人在外生活的决定感到后悔过。但是，母亲三番五次的质问和责备，让我心里不由得产生了某种情绪，且越来越强烈，最后根深蒂固。

那种情绪名为"厌恶和恐惧"。一种是对"父亲生前最后一通求救电话是打给我的"这个无法抹去的事实产生的厌恶感；一种是对住在同一个屋檐下的家庭成员竟然能将秘密永远地带进坟墓里的恐惧感。

我很有可能会被那个瘦削的中年女人和母亲记恨一辈子，也将终生背负不必要的罪恶感，被日常的电话铃声吓得心惊肉跳，连每次做爱时都会产生被窥视和责备的错觉。

我们明明是一家人，可是父亲为什么要将这个重担仅仅强加于我身上？父亲有什么权利，把他一生的罪孽和秘密理所当然地全部转移到我身上？

父亲一方面依靠家人将罪孽消除，另一方面却把他此生最大的秘密带进了棺材里。这与在同一屋檐下谈笑风生的家人，其实是连环杀人犯有什么区别？如果一个人想要对同甘共苦、亲密相处的家人终生隐瞒一个秘密的话，其实是非常容易的。

我至今仍对父亲（或者称"他"更合适）和他所建立的家庭感到厌恶和恐惧。我不认为这是赌气的想法，反而认为就算过了十年、二十年，甚至五十年，这种厌恶和恐惧也不会有一丝减弱。

所以，我既不回母亲的家，也决定自己不结婚。我唯一的愿望就是希望母亲在临终前不要突然想起多年未见的我，不要再与我联络，祈求电话铃声不要在我在家时响起。

"哎呀，老师怎么没动筷子呢？是不是不合您的口味呢？试试这盘刚炸好的。这些都软掉了！"贵史妻子端着一盘炸虾天妇罗站在我的身旁，低头看着我说。

"太不公平啦！我们吃软塌塌的就没关系？"其他人说。

"我又没说已经软塌塌了，我只是说软掉了。小光和爸爸不都喜欢将炸虾放凉一点儿再吃吗？"贵史妻子说，"北野老师，您把盘子递给我吧，我帮您装寿司。哎呀，妈！不倒啤酒，换成葡萄酒给老师喝比较好吧？"

"啊，有葡萄酒吗？那换成葡萄酒比较合适。也给我倒一些吧。"老太婆说。

我茫然地看着坐在斜前方的贵史。贵史注意到我的视线，朝我这边看过来，抿着嘴笑。除非犯下不可挽救的罪过，否则这个愚蠢男人的秘密将永远被隐瞒下去。不管是他的妻子还是孩子们，恐怕一辈子都不会知道他还有一个蹲在车站广场哭泣的情人，同样也不会知道，那个曾被人骂是"阿Q回力车"的懦弱男人会有这样一副面孔。

我突然联想到刚才小光说的"自动上锁"的话题。

按照小光的说法，在每个看起来能自由出入的家里，都有一扇对外人自动上锁的"门"。现在我认为，这种"门锁"并非针对外人，而是为了自己在受到家人的伤害时，能有一扇上锁的"门"可以将彼此隔绝开来。因此，此刻的餐桌旁有五扇样式相同的"门"，每扇"门"都安装了坚固的"门锁"，每扇"门"的背后都隐藏着充满罪恶、丑陋不堪、诡异可怕，但在外人看来却不值一提的秘密。更多的秘密也将始终源源不断地产生又翻滚着。

"老师，我们家经常买便宜的啤酒，很少买葡萄酒，说不定这瓶葡萄酒很难喝呢！"美娜往我的杯子里倒满了白葡萄酒，淡淡的果酒香味散发出来。

"喂，沙丁鱼是不是泡醋泡得太久了？做这种醋腌鱼，用醋将鱼洗一遍就可以了。"老太婆满嘴食物，边嚼边说。

此时此刻，我可以随时丢下"我是贵史的情妇"这个秘密炸弹。"我的一句话就能轻而易举地破坏'门锁'这个念头一直萦绕在脑海里，但我还是装出一副若无其事的样子。突然，我意识到，他们心中隐藏着的丑陋秘密，全都与我有关。

"既然大家吃得差不多了，也是时候到礼物环节了！"母亲说。

"糟糕！我忘了准备！"父亲说。

"等一下，我去房间拿礼物！"姐姐跑进房间说。

"不好意思，今天我也什么都没准备。"弟弟说。

"竟然有礼物？你们用不着这么费心思啦。"外婆说。

随着我耳边响起"三奈，生日快乐！三奈，生日快乐！"的话语，眼前的景象突然扭曲变形，将我的意识吸进漩涡，来到了我五岁那年。年纪尚轻的母亲蹭着我的脸蛋，一头黑发的父亲微笑着，温柔地看着我。

他们高声说："希望三奈在接下来的一年里能心想事成！三奈，生日快乐！"

"我喝太多葡萄酒了，"我起身离开说，"失陪了，我去一趟洗手间。"

"哎呀！真的吗？您没事吧？都怪美娜倒太多葡萄

酒了……"

"刚才北野老师就没怎么吃东西，你们只顾着让她喝酒，她当然会不舒服了。"

身后不断有对话响起，我一边听着一边冲进洗手间。我一屁股坐到地上，双手扶着马桶，张大嘴巴，感觉胃里一阵痉挛，却什么都吐不出来。

"呕……呕……"我试着呕吐，只有几滴透明胃液顺着舌头流出来。我用袖子擦擦嘴，又用纸巾擦擦眼泪，抬头正准备按下冲水阀时，有一幅画映入了眼帘。

那是一幅有些褪色的蜡笔画，画框里的纸张已经泛黄了，大概是小光或美娜在幼儿园时期所画的吧？画里的线条歪歪扭扭，但有几处却是用力描绘过的笔触，依稀可以看出是一个女人的轮廓。大概是想画出女人咧嘴笑的模样，红色的线条却画到了耳旁。金色头发，绿色眼睛，画中的女人被用强烈的色彩凸显出重点。我筋疲力尽地趴在马桶上，抬头仰望着那幅画，女人的画像就像俯视并咧嘴嘲笑着我的怪物。

"呵呵呵呵呵！哇哈哈哈哈哈！你果真是大傻瓜！

哈哈哈！果真是大傻瓜！呵呵呵！"

怪物的笑声如同一触即破的泡沫幻影，轻飘飘地由门外入侵到洗手间。胃液再次流出来并滴落进马桶，在水面上泛起涟漪。我凝视着水中的涟漪，同时入神地听着门外的说话声。

光明与黑暗

谁也不会相信，我早已不是处男了。

从班级蔓延至整个年级的对我的无视，有点儿幼稚的恶作剧，考验同学情谊的游园会，凭个人毅力完成的冬季马拉松大赛，还有我家那沉重得让人喘不过气来的家规。即使遇到手拿电锯的杀人狂魔，我也绝对不会多看一眼。这到底是为了什么？这样做有什么好处？我完全不知晓。

我在学校前面的车站搭上公交车，和往常一样坐在最后面的角落。十几个学生吵吵闹闹地上了车，美园也在其中。美园站在车厢中央，握住吊环，东张西望地打量车里的人，确认我也在车上后，便扭过头，目不转睛地望着窗外。我也将视线从她身上挪开，并从包里掏出随身听。随身听里的 CD 是我从姐姐美娜的架子上随便拿来的。我原本以为姐姐会听俗气的日本歌谣，怎么说呢，在拥挤吵闹的公交车上，各种声音会混在一起，听歌谣的效果不怎么好。但如果是听震耳欲聋的音乐的话，只要将音量调大，等闭上眼睛后，车里穿制服的学生的喧闹声就会自动消失。这样我就可以一个人安静地坐在黑暗里了。

塞满了十二岁到十八岁的孩子后，公交车缓缓开动了。我闭上眼睛，调大音量，屏住呼吸，耳中全是怒吼的吉他、震颤的贝斯和尖锐的喊叫声。从屁股处传来公交车行驶时的晃动感，同时也能感受到阳光落在了我的右手上。

经过二十分钟的摇晃，公交车在"探索购物中心"前停了下来。虽然学校禁止学生在放学后到处闲逛，但是仍然有将近三分之二的学生在这个购物中心前下了车，我也下了车。身穿深蓝色制服的学生们朝不同的方向散去，像一下子窜开的一群怪虫子。我慢慢走进"探索购物中心"里面，影子清晰地映照在白色的瓷砖墙上。走在前面的是速度比我快一点儿的美园，她的身影同样映照在瓷砖墙上。因为还在"地雷地带"，所以我们不敢打招呼。

我们沿着北侧的扶梯上到五楼，无视悬挂着的写着"非工作人员禁止上来"字样的牌子，跨过栏杆，爬上楼梯，打开朴素的灰色大门，门的另一侧是宽阔的楼顶。只有从北侧扶梯上来才能到达楼顶，这里除了锁着配电盘的巨大储物柜和大型空调外机之外，完全不见人影。我曾怀疑过会有工作人员偷偷溜进去，可是地上既没有烟头，也没有空的饮料罐，看来员工们一定还有其他可以偷懒的场所吧。

美园倚靠在楼顶栏杆旁，朝我挥手。我们顺利地通过"地雷地带"，可以畅所欲言了。

"京桥，明天的游园会，你要干什么？"我一来到美园身旁，她就坐到水泥地上，望着铁栏杆问我。

"我们班参加化装游行，不过明天我大概会请假休息吧。"我说。

"对啊，初三学生是会被强迫参加化装游行的。我们班今年搞咖啡店，我是要参加的。我还要摆占卜摊。我本来不想摆摊的，可是大家都求我呢。"美园说。

我一听就知道美园在说谎，不过我没有拆穿她。

美园比我大一岁，在上高一。我们两个人都没有参加社团，也都没有同年级的朋友。

"你要占卜什么？"我问。

"前世。我只会占卜前世。"她说。

美园家和我家在同一个小区，她家在 B 栋 302 号。因为小区里读佼文馆学校的孩子极少，所以我早就知道有山下美园这个名字和美园这个人。我们上下学时一般会坐同一辆公交车，从我上初一时起，两人就有来往了。更重要的是，美园是我摆脱处男身份，获得人生中第一次性体验的对象。

初二的时候，我第一次去美园家玩。她的父母不到深夜是不会回家的，所以我从来没有在美园家里见过她的父母。第一次去美园家时，我兴奋极了，并不是因为想和她发生亲密关系，而是发现虽然同在一个小区的她家格局和我家一模一样，可里面的样子却迥然不同。我不是指杂乱的物品、发霉了的浴室，或者堆积如山的脏盘子那种区别，而是壁纸的颜色和花样，光线照射的角度，太阳下山时的景色，地板和地毯，等等。光是摆设不同这一点，就能让原本格局相同的两间房子变得像两个不同的世界，明明同在一个小区，却像处于不同的时空。

后来我又去了美园家里好几次，只是为了看看她家。在记不清是第几次去她家时，我们情不自禁地滚到了床上。那天过后，美园和我不再是处女和处男了。失去童贞的美园认为这样就能让她看到前世的事，而不再是处男的我，也不再对无趣的现实生活感到绝望。

"听说在游园会前一天的晚会上，和意中人成为情侣的概率很高呢，不知道我有没有机会和野崎成为情侣。"美园突然说。她一直单方面喜欢着高二的野崎寿也。

"你不能在占卜前世的时候算出来吗？"我问。

"当然不行，前世是过去的事，未来的事怎么占卜得出来？"美园额头抵着铁栏杆，闷闷不乐地说。

我们谁也没再开口说话，只是蹲下来，双手握住铁栏杆，各自望向远方。几家情人旅馆的招牌排成一列，显得难看且突兀，旁边是高速公路。远处的工厂屋顶一字排开，烟囱上的一缕缕白色烟雾像细布条一样缓缓飘动。稍微移动视线，那边是宽广的农田，另一侧是收割完的田地，几栋小房子落于其中。在一片翠绿中，冒出一栋白色建筑，那是医院。另外在连绵不绝的农田中，还有一栋不协调的高层公寓。在我左边，金黄色的太阳快要落下去了，将天际染成了粉色。空调外机持续不断地发出沉闷的声音。

"探索购物中心"里有专为客人准备的楼顶空间。夏天的时候，那片楼顶就会变成空中啤酒屋，角落里放着游戏机和动物造型的摇摇车，商店前方摆放着长椅和桌子，从那里刚好可以欣赏到外面的景色。在那片楼顶，看不到情人旅馆和高速公路，也看不到不断冒烟的工厂，更听不到空调外机的声音。

"你能看见那里写着'野猴'两个字吗？"我伸出手，指向铁栏杆外四方形建筑物上的老旧霓虹灯。

"能看见。"美园不感兴趣。

"那天我和家庭教师一起去过那里。"我说。

"真的吗？你终于和家庭教师……你们年纪究竟差了多少啊？"美园大喊。

"不是，不是你想的那样！我们什么都没做，真没有！你知道吗？旅馆里没有窗户。哦，应该这样说，我们去的那个房间其实有窗户，但被涂黑了，所以看起来就像没有窗户一样。我的家庭教师说情人旅馆的房间里没有窗户，我很好奇，所以让家庭教师带我去看了看。对了，你见过没有窗户的房间吗？"我说。

"什么？你和家庭教师一起去了旅馆，却什么都没发生吗？这不是很奇怪吗？还是因为你做不到啊？"美园用肩膀碰了碰我。

"我不想和家庭教师发生什么关系！"我感觉北野老师和我爸爸之间有种暧昧的氛围，不过这也只能在心里嘀咕了。

"你是不是认为没有窗户的房间都是阴暗又潮湿的？其实不一定。不过那个房间给人的感觉的确怪怪的，我猜不完全是没有窗户的原因，空间太过密闭才是主要原因。"

"京桥又在胡说八道了。情人旅馆啊，要是我和野崎能成为情侣的话，肯定不会去旅馆，我要选更浪漫优雅的约会地点。"美园不再看向旅馆区的方向。

随后她站起来说："啊，又冷又饿。喂，要不要去河童庭吃拉面？用优惠券的话，一碗拉面只要三百日元。"

"不好意思，我一会儿要去医院。"我也站起来拍了拍屁股。

"哼，真是无趣的家伙。算了，我先留着优惠券，下次你请客吧。"美园说完，露出牙龈笑了笑。

我们经过灰色的大门回到大楼里。在下楼梯到五楼之前，我们还能小声交谈；然而一到一至五楼的"地雷地带"，我们便立刻保持距离，装作互不认识的样子，各自走向出口，前后脚来到公交车站牌下。美园在开往小区方向的公交车站牌下排队，而我则走向开往医院方向的公交车的排队队伍。

开往医院方向的公交车并不拥挤。我依旧在最后一排坐下，看向窗外。夕阳隐没不见，窗外不断后退的农田和楼房全都藏进了淡淡的藏青色里。有不少广告牌立在农田中间，在白色和橘色灯光的照射下，广告牌上浮现出模糊不清的荧光字母和歌手的写真。

　　尽管美园从来不与我谈论这方面的事情，但我知道她在高一年级中的境遇和我类似。两个不受欢迎的人待在一起的话，会更加让人讨厌吧。两人一个情绪低落，另一个容易忘乎所以。如果被人看到这两个不同年级的学姐学弟手牵手走在一起的话，肯定会招来更多的非议，或是更过分的欺凌。我建议美园和我不要在人前有任何肢体接触和交流谈话，甚至强调假如她被人发现和我在一起的话，可能会引起公愤。美园赞同我的看法，所以我们在任何佼文馆学生有可能会出现的场所，都绝对不会产生任何交集。

　　只有去医院探病的人才会乘坐这个时间段的这趟公交车。坐在我前面的一名女士捧着一束鲜花，斜前方的两名拿着蛋糕盒子的年轻女子在低声说话。车外的天空越来越暗，公交车里的灯光在黑夜中显得特别明亮。

公交车拐了个弯，随后停在医院前的广场上。广场上有书店、便利店、花店和家庭餐厅，店铺营业时的灯光在黑夜中显得十分耀眼。医院和"探索购物中心"一样，都是在农田间突兀地高高立起的大楼。我和其他几名乘客一起下了车，来到连接广场和大楼的廊子里。

从门诊大厅的巨型大门进去，再来到探病访客专用的自动门前的接待处，我登记好名字并领取了访客证件。写名字的时候，我特意多看了一眼访客名单上有没有妈妈或是姐姐的名字，但没找到"京桥"的字样。

在外婆生病住院前，我没怎么去过医院。刚开始时，我简直忍受不了医院里面到处弥漫着的混合了肉类腐臭味、消毒剂味和点心味的诡异气味，不过去了两三次医院后，我渐渐地习惯了。医院也没有那么让人讨厌嘛！我在电梯里按下五楼的按钮后，之前与我同乘一辆公交车的两名年轻女子也走进电梯，按下了七楼的按钮。

　　我搞不明白自己被班上的同学排挤厌恶的原因，却很明白美园为什么不受同学欢迎——因为前世占卜的事。从美园不再是处女那时候开始，她竟然认为自己能够看到自己前世的事。所以她总是随身携带一个猫咪脑袋大小的水晶球，从东南亚货品商店买香来焚烧，最后发展成认为自己连别人的前世都能看得到。

　　起初美园很受大家的喜爱，她带着水晶球和香去上学，甚至还有同校的学生特地到我们小区来找她。但仅仅过了半年，大家就认为美园的前世占卜是骗人的把戏，纷纷远离她。最后美园落到被同学们排挤，孤单一人的下场。我时不时还会在她深蓝色的裙子或是外套上看到白色的脚印。

　　我和美园始终无法相爱，因为她有暗恋已久的人，再加上我觉得她长得不好看。虽然和她说话时常常感觉聊不到一起去，但不得不承认的是，在偌大的校园里，唯有美园愿意和我说话。

　　经过护士站，我径直走到518号病房的房门前。

从敞开的门往里看，只见坐在床上的外婆正在与隔壁床的老人聊天儿。

"哎呀，是小光你来啦！"直到我走到床前，外婆才发现我来了。

外婆正在哭泣。她从枕头边的盒子里抽出面巾纸，擦擦鼻涕和眼泪，说："真抱歉，我们谈起从前的事，说着说着就忍不住掉眼泪了。"

"真是的，木崎太太真容易掉眼泪，这样你的外孙会以为是我在欺负你呢！是她自己说着说着就哭起来了。"隔壁床的老太太说完就钻进了被窝，拿起杂志安静地阅读。

"外婆，您感觉怎样了？"我拿了把折叠椅到病床边坐下，问道。

"能怎么样嘛！每天都是检查检查检查检查，餐食种类又少，除了有人叫我去做一堆检查的时候以外，只能乖乖地躺在床上，真丢人！"外婆说。

床边的移动式桌子上摆放着茶杯、一个苹果和装有日式点心的餐盒。

"你为什么要过来看我？"外婆忽然盯着我问。

"没什么，我回家时顺路来一趟。回家也没事做啊！"我说。

"年纪轻轻的，怎么会没事做呢？你啊，不用担心，你和那个笨女人的事，我不会让任何人知道，所以你不需要这么紧张。我这也不是什么大病，马上就能出院了。"外婆说。

"不是这样的！"我说。

和外婆说话时，我常常感到心烦意乱，因为她的想法和对事对人的态度过于扭曲和偏颇。

"小光，去帮我拿茶吧。去茶水间里，请他们帮忙把茶倒进茶壶。须田太太，你要喝茶吗？可以拜托这孩子帮忙。"外婆说。

"哎呀，不用不用。木崎太太，你的外孙是个好孩子，你真幸福啊！"隔壁床的须田太太说。

我拿着茶壶，走进护士站旁的茶水间，请里头的值班护士帮我倒茶。医院的每个角落都能闻到医院特有的腐臭味和消毒剂的气味，厕所附近的气味最浓。

生日餐会之后不久，外婆就住院了。原因不是常见的摔倒或是头晕，而是她常常觉得喉咙处有异物感，于是赶紧去医院做检查。经过一番检查，医生怀疑外婆得的是癌症，上周安排了住院。就在上周日，我们全家人一起来医院探视了外婆。

我拿着装满茶水的茶壶，并没有立刻返回病房，而是来到走道的窗前眺望远方。夕阳早已隐入地平线下，远处有一片大大小小的灯光，像漂浮在海面上的渔船上的灯光。但我能认出来，那其实是"探索购物中心"、旅馆区和高层公寓的灯光。

分别从"探索购物中心"、医院和自己家眺望远方后，我产生了一种变成神般的感觉。那不是全能感，也不是幸福感，而是京桥一家的所有人，不，还包括美园、北野老师和小区居民有限的行动范围带来的约束感。我希望没有任何人能从这里逃脱，希望每个人都能遵守规矩，好好地待在自己的位置上，希望大家只会埋头过着卑微且无趣的生活。如果神真的是以这样的态度对待世间的人的话，那我觉得神真是过得太悲惨了。

"她坚持不做需要进行麻醉的手术。"晚餐时，妈妈突然自顾自地说。

爸爸只顾盯着电视，手里拿着筷子，隔几分钟就切换电视频道。姐姐则埋头仔细地将炒猪肉上的肥肉剔除。

妈妈把气泡酒倒进自己的玻璃杯里，更大声地说："不打麻醉药是不是就不能做手术了？"

爸爸看到电视上在播放益智问答节目时，放下了遥控器，不再换频道。

"是土豆！"爸爸突然大叫一声。节目里的参与者慢了一拍，回答"椰子"，结果响起答错的"嘀嘀"声。

"这个人太笨了，大家都知道是土豆。"爸爸说。

"爸，八点时换台可以吗？今天电视里会播放我想看的待公开的灵异影片特辑。"姐姐的餐碟里只剩下细条状的肥肉。

"喂，你们也听听我说话啊！如果她不做手术，那就不好治疗了，可能要转院，还要寻求其他的治疗方式。"妈妈说完，一口气喝光了杯子里的气泡酒。

餐桌周围一阵静默，只有电视上益智问答节目的倒计时声回响在屋内。

"详细的检查报告出来了吗？"爸爸终于低声回应妈妈。

"还没有。不过就是因为检查出来有个必须切除的肿物，她才住院的啊！尽管还不确定是良性还是恶性，但总不能知道是良性后就立马出院吧？妈妈她啊，只会强调不愿意打麻醉药。"妈妈说。

我把桌子上用完的空盘子叠起来，放到厨房水槽中。站在厨房中，通过吧台望过去，只见爸爸正在看电视，姐姐在用筷子拨弄碟子里的肥肉，妈妈在喝气泡酒。一家人的身影投射在落地玻璃窗上，而窗外的各色花朵正盛开着。

妈妈忽然抬头喊我："小光，把冰箱里的葡萄拿出来。"

我把装有深紫色葡萄的盘子放到餐桌上。等我也坐下后，妈妈说：“我希望大家心里都要有数，以后和从前不一样了。如果你们的外婆实在不愿意做手术，我们就要有长期护理和照顾她，‘打持久战’的思想准备，因为我们的生活必然会受到一定的影响。”

妈妈倒入玻璃杯中的气泡酒，气泡没多少了。

“总而言之，等检查结果出来后，我们很可能需要按照外婆的意见，尝试寻找除了做手术以外的其他治疗方式。现在我们首先要商量一下关于零花儿的问题。美娜，你想不想去打工？你们学校没有禁止学生去打工哦。老公，你的午餐，我帮你做便当好吗？反正我也要做美娜和小光的便当，顺便给你做一份，怎样呢？这样午餐钱就能省一省了。小光，北野老师的家教课必须要上吗？我希望能暂停一下，等外婆的病情好转了，就继续上，应该不会中断很久的。”

“怎么又从外婆不愿意做麻醉牵扯到零花儿的事了呢？”姐姐像平时一样大声地喊着。

妈妈也猛然抬高音调，盖过姐姐的声音：“我这么说完全是为了这个家！外婆的事肯定和金钱有关系啊！

如果外婆住院的时间再久一点儿，又不愿意直接做手术治疗的话，势必会增加许多医药费方面的支出。她的退休金不够用的话，难道我们丢下她不管？如果我连续迟到早退，迟早会被辞退，所以我们需要轮流去医院照顾外婆和送换洗衣服。每人每周只需要两次就可以了，知道了吗？医院的探视时间是从下午两点到晚上八点，轮到那天去医院的人，就不能去别的地方浪费时间，也不能约朋友去玩。这个方法是对所有人最公平的了！你们就别抱怨了。"

"母后伊丽莎白陛下万岁！"我脱口而出。

我无意中说出一句奇怪的话，是因为极少见到妈妈说话时如此绷紧神经。妈妈态度强硬地对我们作出安排，又不允许我们提出任何异议，让我感到非常震惊。就在刚才，我的脑袋里突然冒出一位俄国女皇的名字，只因我联想到前几天历史课上教的女王即位时发生的政变，忍不住脱口而出。

让我意外的是，妈妈立马站了起来，她脸色苍白，咬牙切齿，怒冲冲地瞪着我说："你这是什么意思？！"

妈妈声音低沉，带着一种少见的忍耐。如果我没听错的话，她的声音竟在发颤。

"就是……是十八世纪的……俄国女皇……"我语无伦次地想要解释。

"你是指责我独断专行？还是自行其是？"她说。

"我不是这个意思。"

一旁的姐姐和爸爸一言不发，只是抬头看着妈妈。

妈妈因情绪激动而睁大的眼睛里隐约泛着泪光。我更加惊讶了，却再也无法说出一句话。

"那就随便你们好了！外婆的事我一个人来搞定，毕竟她是我的母亲。不管是照顾她做手术、带换洗衣服、负责医药费还是寻找别的民间疗法，全部交给我一个人做，可以了吧？"妈妈站着说。

姐姐用责备的眼神瞪了我一眼。

"我没这个意思啊！"爸爸说，"我的意思是等检查结果出来后，大家再坐下来一起好好商量解决办法。你的母亲也是我们的家人啊！我们一家人都会帮忙的，只是现在外婆的病情还不明朗嘛。"

一瞬间，妈妈像个孩子似的将脸扭过去，下一秒便沉默着离开餐桌，推开落地玻璃窗，走到阳台上。她背对着我们蹲在地上，专心拨弄花草，不知道是在整理还是在种植，总之不再理睬我们。

她的背影在深蓝色的夜空下微微抖动着。

"小光，赶紧去道歉！你的话实在太过分了，害得妈妈变成这样了！"姐姐在桌子底下踢了我一脚。

爸爸叹了一口气，又从冰箱里拿出一罐气泡酒。

"小光，赶紧去道歉！妈妈固执得很，说不定要扣光我们的零花儿了！"姐姐说。

我依旧坐在原位上，隔着落地玻璃窗一直看着蹲在地上的妈妈。看见妈妈那微微颤抖的背影，我竟然不觉得她这是在哭泣，反而怪异地认为她是在努力忍住笑意。

我真是个既不体贴也不温柔的人。

那片区域的高楼大厦的窗户大多朝南方打开，我从"探索购物中心"北侧的楼顶看到的都是朝南的窗户，可是当我从医院五楼望出去时，却只能看到高楼另一侧的大门。高楼一侧是朝南的窗户，而另一侧是朝北的大门，我觉得这看上去很怪诞。设计者可能认为，每一层楼的窗户全部是一样的大小，以同样的角度朝南敞开，采光也会是一样的，等等。说不定这个设计和风水或者传统有关，或许从前就有窗户要朝南打开的风俗，只是设计课上没有教而已。又或许设计者只是单纯地认为，采光充足的楼房会给屋内的人带来温暖平静的心情（至少看起来如此）。

自从去过美园的家后，我就对这类问题产生了浓厚的兴趣。因为虽然我家和美园家格局一样，但里面的装修风格却天差地远。在惊讶和不解中，我产生了浓厚的兴趣。

妈妈只喜爱坐北朝南的房子，不管是新房还是二手房的平面设计图，她都看得津津有味。

"原来这房子是朝北的啊，难怪这么便宜。"

"哇，这房子面积大，又是朝南的，真不错！"

妈妈经常这样说，让我不禁产生了一个房子不能没有阳光，也不能没有绿色植物的错觉。如果带妈妈去参观"探索购物中心"后面的样板间展厅,她肯定会兴奋得叫起来。那些新潮的商品房不仅采光充足,楼与楼之间都会留有一定的间距,而且室内的灯具全部打开后,房间内显得更加明亮。她一定想不到,这些建在偏僻地方的楼房,竟然设计得明亮大气,真是奇怪啊!

总之,人们"想当然"的思考模式虽然麻烦,却也很根深蒂固,不,正是因为根深蒂固,所以才会造成麻烦。

北野老师告诉我在日本有一座"黑暗神社"。自从知道有这座神社后,我就很想亲自去看看。于是我和北野老师商量,我负责支付路费,北野老师带我去参观神社。结果不仅那天的晚餐是老师请的,而且我因为回家太晚又被妈妈训了一顿,连带着给老师添了不少麻烦。

可是我十分庆幸自己下决心去参观了。

神社一楼平平无奇,有着普通神社都有的捐献箱、注连绳①和铃铛。不过,一旦通过一楼那道直通地下的

---

① 日本神社前装饰的绳索,用稻草编织而成。

楼梯后，就会来到真正的"黑暗神社"。里面黑暗无光，伸手不见五指，就算把手指举到鼻子前也看不清楚。一道狭窄的小弯道在黑暗中延伸，我们只能扶着岩壁，摸索着向前走。这个漆黑的地下神社应该是开凿岩石建成的，岩壁摸起来冰冷坚硬。不知道走了多久，前方突然涌入点点光亮，原来是几根燃烧着的蜡烛立在岩石的凹槽中，照亮了一旁的红色牌坊。穿过红色牌坊，我们再次融入黑暗中，这里仿佛是与宇宙深处相连的黑暗世界。

回程时，我们在涩谷吃了炸猪排。北野老师告诉我在北欧有一座"光之教堂"，教堂屋顶的玻璃天窗可以透入自然光来照明。虽然我听完后十分想亲眼看看"光之教堂"里洒下一片自然光的神奇景象，但我总不能让北野老师带我出国吧。老师说她也没去过北欧，只去过关岛和澳大利亚。

"光之教堂"与"黑暗神社"，"光之教堂"沐浴在神圣的阳光下，"黑暗神社"则以没入黑暗为尊。朝南的窗户与朝北的大门，没有窗户的房间与阳光充足的房间，小区里不见人影的公园与人来人往的"探索购物中心"的广场。如果可以丢下日文和数学不管，整天沉醉在这些有趣的矛盾里该多好啊。朝北的房子、废墟般的公寓、热带的建筑、寒带的庭院，我感兴趣的东西真的数不过来啦！

最后一次上家教课的那天，北野老师两手提着装得满满当当的纸袋来到家里。她坐在地板上，把纸袋里的图册、杂志、书本、旅游指南等全部拿出来，在地板上摊开。里头有的纸张已经泛黄了，有的封面没了，当然有的也崭新干净得像刚从书店买回来。

"我的专业不是建筑设计，所以家里也没有什么有用的资料。"北野老师随手翻开一本厚厚的图册说，国外的风景不断地在她手里闪现又消逝，"里头可能没有小光想看的那种书，不过有一部分是关于建筑物和公共设计的。比如这本书里介绍了日本的特殊建筑物，那一本里则介绍了许多教堂，我都一起带过来了。"

微微带着潮湿感的书本散落一地，散发着一股难以形容的淡淡的甜点般的香气。这股气味像被凝固在了空气中一般，始终无法和我的房间相融合。

"真不好意思，这些书很重吧？这么多书，全都给我吗？"我问。

"没关系。反正我最近准备搬家，正想把不需要的物品处理掉。一开始还想用快递给你送过来，问了才知道运费需要一千多日元，太贵了。"她说。

"你可以选择到付呀！"我说。

"没事呀！你一个小孩子说这样的话，会让人感到不舒服啊！"北野老师说。

"对不起。"我道歉。

"这样也好，我已经从白天上班的公司辞职了，除了来小光家，没有别的理由继续留在这里了。仅靠做家教挣的工资，可不够我生活呢。当然也不可能为了能继续当小光的家庭教师就去便利店打工，赚更微薄的薪水，这样有点儿'颠三倒四'的。"她说。

听了这话的我立刻抬头看着老师。

"是本末倒置。我故意说错的呢！"老师微微一笑，然后扭头看向窗外。

看她如此专注地一直望着窗外，我也转过头去，顺着她的视线向外看去，在淡蓝色的冬日天空下，几条电线出现在视野中。我拉回视线，偷看正注视着窗外风景的老师，坐在对面的她染着一头红褐色的长发，身上的牛仔外套满是皱褶，淡粉色百褶裙下的两条腿弯折成"L"形。北野老师和我爸爸私下里是不是有暧昧的关系呢？说不定他们已经暗地里持续这种关系很久了，只是我完全不知晓而已。

每次我和美园在一起的时候，都会注意观察身边的情况，所以早就发现有个年轻女人经常出现在我附近。我有被害妄想症的倾向，刚开始还以为是我的同学为了收集我的情报以便欺负我，特意让他们的姐姐跟踪我。因为这附近的年轻人不是在"探索购物中心"里打工，就是忙着和身边的人谈恋爱。如果两种都不是的话，有人闲得无聊，跟踪弟弟的同学，也不足为奇。

当时，我为了能和美园在楼顶约会，真是费尽了心思才摆脱这女人。我同样在商品住宅售楼处见过她好几次，难道她不知道在人少的地方跟踪人，很容易被发现吗？我故意找她说话，没想到她接受了我的请求，愿意陪我逛样板间展厅。这就让我感到疑惑了，既然她不是同学派来的姐姐，那她跟踪我是为了什么？如果她是同学的姐姐，估计早就被我吓跑了。

但这个女人不但没有跑开，还用爸爸的名字"贵史"叫我。虽然我没有确切的证据去证明，但是他们两个私下有关系是八九不离十的事。后来我和她成了朋友，通过她的帮助，我去了"黑暗神社"，也知道了"光之教堂"的存在，还亲眼看到了情人旅馆房间里那扇被特意涂黑的窗户。

好几个月过去了，我依然对北野三奈这个女人知之甚少，更别说她喜爱和讨厌什么，审美观是怎样的，对事物有怎样的看法了。我挺喜欢北野老师的，但是一想到爸爸或许已经彻底毁坏掉了她的某个部分，又觉得毛骨悚然。

"老师，您是要搬到东京去吗？"我问。

"可能吧！搬到东京一样要找房子住，不过那里工作机会比较多，我在东京也有一些朋友。如果我付不起房租了，再考虑其他城市吧。我只是想去远方体验一下生活。"北野老师说。

"什么地方都行吗？"

"嗯，我是无根之草。"

"老师，我知道我们小区 E 栋有一套房子在出售。虽然不是'边户'，但是在一楼也很方便。我妈说售价非常便宜，据说每个月的贷款只要五千日元。"我说。

"你是建议我买那间房子吗？为什么？"她问。

"有房子的人就不再是无根之草了。"

"你太天真啦！一个失业的女人怎么可能付得起这么多钱？何况是这种需要搭乘公交车出行的小区，就算白送我，我也不要。也就只有小孩子才会认为有房子的人相当于有家可归。"老师将双腿伸直，抠着右手指甲说。

当老师不再说话后，整个房间顿时陷入安静。

"你说想去远方，和我爸爸有关系吗？"我眼睛看着杂志，假装不经意地问出深藏在内心的疑惑。

"哎呀，你在说什么呀？"北野老师表情温和，然后朝我吐了吐舌头，"小光爸爸对我来说相当于老爷爷啦！我这种年轻美丽的女孩儿，怎么会看上那种无趣又没钱的中年男人呢？不好意思，忘了说的是小光爸爸。你看太多家里长短的电视剧了吧？不过，你说的那些说不定不是想象哦。"

老师说完自顾自地笑了一会儿，然后收起笑容，沉默不语了。我也没再说话。这时，一道细细的阳光悄悄地透过云朵的缝隙，照进了房间。

"从旁人的角度来看，一个父亲其实没有孩子所想的那么有本事和成熟。"北野老师盯着自己的指甲，微笑着说。

她说得很对，我那个爸爸应该没有能力和本事去摧毁一个女人。这让我对爸爸产生了些许歉疚，毕竟我心里竟然认为他既没有本事，也不够成熟。

"啊，就是这座教堂！"老师突然大叫一声，上半身向我靠近，指着我手中的书说，"这座建筑也可以说是'光之教堂'哦！而且还是日本的教堂。我记得它离这个城镇挺近的，好像还是设计名家的作品，和北欧的教堂完全不一样呢！"

我的视线缓缓落到这一页上，书页上漆黑一团，只有白色的十字图案浮现在中央。啊，原来这就是光影十字架！在没有窗户的建筑上凿开一个十字形缝隙，引外界的太阳光穿过十字形缝隙照进室内，黑暗的室内就会浮现出一个立体的光影十字架。我聚精会神地看着书页上的照片。光影十字架所映照的地方虽然只有微弱的光亮，与周遭的黑暗相比实在是微不足道，可就是这点儿光亮，足以代表和平、纯洁、神圣，让人心生亲近感和喜爱。

"老师……"我说。

"怎么了？"老师抬起头。

"老师，北欧的冬天很漫长，而且大部分日子都是寒冷和光照不足的，所以他们认为光明是神圣的，这是理所当然的。可是在日本，一年四季不是都光照充足的吗？在日本很容易获得充足的阳光，所以才会认为黑暗是神圣的。寒带地区的人认为阳光很重要，但温带地区的人却特意创造无光的环境。人们自然而然地崇拜缺失的东西，减少供应过多的东西。这不是代表着光明和黑暗不过是一体两面吗？既然是这样，那为什么涉及住宅时，反而单一地追求光线充足呢？"

老师只是木然地看着我。当我问了一些问题后，老师常常用这样的神情来回答我。她肯定是心不在焉地想着别的事情。

我很想知道我想要了解和学习的东西到底是什么，是城市规划与住宅结构？是全世界教堂的建筑设计中光与暗的关系？是和集体住宅有关的新设计理念？是我家中暗流涌动下的真相？还是我自己的问题？

"老师，很遗憾今天是最后一堂家教课了。"我说。

"我仍然会给你写电子邮件的，又不是离开后永不再见了。"老师怔怔地笑着对我说。这时传来了妈妈从紧闭的房门另一侧喊我们出去喝茶的声音。

在每年十一月，准备文化节活动期间，学校里都会充满一股浮躁的氛围。但也就只有在这段时间里，我才能稍稍松一口气。整个学校都笼罩于骚动不安和喧闹不止之下，同学们只关注怎样交新的男女朋友和发展友谊，所以班上的同学对和一个瘦弱又手无寸铁的男生比试摔跤游戏，或者将他的物品藏起来，无视他的存在，再故意把他的桌椅搬到走廊上失去了兴趣。在这段时间里，我有幸能像一个普通学生般游走在校园里，不需要提心吊胆地过日子。当与同样心情轻松的美园在走廊相遇时，她竟然叫我的名字把我喊住了。我原想无视她的叫喊径直走过去，可是无奈被她抓住了手臂，只好停下来站在她面前。

"京桥，你今天有空吗？"美园露出牙龈，天真地笑了起来，如同在"探索购物中心"楼顶那时候一样。

"我下午五点半必须到医院去，五点半之前没问题。"医生先前要求我们一家人今天必须全员到场听取报告，包括外婆的体检结果和后续的治疗方案。

"刚好今天学校全体同学都要参与文化节的准备工作，下午两点就放学了，你陪我到五点就行。"美园说。

"那没问题。也是去楼顶见面吗？"我谨慎地观察着四周。几个初中部的学生打闹着走远了，从窗户看过去，中庭里有几个高中部的学生在踢足球。

"没事，不要这么紧张啦。"美园轻轻推了推我的肩膀，继续笑着说，"不是去楼顶，是去别的地方。有事情需你帮忙，放学后我们在公交车站牌下见面吧。"美园说完这些，便小跑着离开了。

我继续四处张望，装出一副不是在和高一女生说话，而是站在这里看中庭里的足球训练的样子，一脸心虚的表情，朝着美园离开的反方向走去。午休结束的铃声响起，校园里各处响起如同蜜蜂群来袭般震天动地的喧嚣声。我回到教室，心里不禁疑惑，美园究竟需要我帮什么忙呢？希望不是什么难办的事情。

因为全校的学生都要参加明天的文化节，所以今天无特殊情况的话，全员都会留在学校做准备，连公交车上也是空荡荡的，不见学生们的身影。坐在我身旁的美园小声地反复说她希望我能陪她去情人旅馆。似乎是美园真的要在文化节上开占卜摊，打算先在旅馆里拿我当练习对象。

"在美园家里做练习不行吗？"我前段时间刚去过旅馆，对里面的情况多少有些了解，但还是不太愿意和美园一起去，总觉得我们之间太过生疏了。

"我家不行，家里有其他意念存在，会妨碍我，让我看不清楚。"美园说。

"'其他意念'是什么？"我问。

"你真是笨蛋。你有你自己的前世，对不对？我的家与我的前世有关，所以在那种地方根本不能客观地看到别人的前世啊！"美园一本正经地说着我根本无法理解的话。

"楼顶也不行吗？那里没人。"我说。

"楼顶不行，太吵了。而且空气中混杂了诸多不同的念力，同样无法让我集中精神。"美园说。

"啊？你在说什么啊？"我感叹道。

"你之前都不把占卜放在眼里，不肯让我算你的前世。但是今天你真的要帮帮我啊！这是我第一次登上在众人面前施展才华的大舞台呢！也是我第一次有机会让我的占卜事业获得不可限量的未来呢！"美园很激动。

"什么第一次登上大舞台……这种想法让人有点儿不舒服啊。"

虽然我嘴里抱怨着，但心中却冒出一个想法。 对于美园来说，或许这是一个很好的机会。 只要她班上的同学同意她在文化节摆摊占卜，不是为了嘲讽捉弄她的话，那么她有可能重新被同学接纳，如果还能洗掉她是专门用占卜骗人的骗子的污名就更好了。

我们提前一个车站下了车。 这里是情人旅馆附近的红灯区，为了避嫌，我和美园隔着很远的距离。 经过有着穹顶建筑特色的"沙漠商队旅馆"和外观新奇的"陶罐旅馆"时，美园都觉得挺不错。 但我只想去"野猴旅馆"。 因为我对于"野猴"的入住和付款方式很熟悉，而且从入口处到房间这一路上完全不会遇见别人。 另外一个要点是，"野猴旅馆"这开玩笑般的古怪名字，不容易让人想入非非，所以很适合给美园做前世占卜的练习场地。

"好吧，'野猴'也行。如果和野崎以外的男生到太时髦的旅馆的话，总感觉会玷污我少女的纯情，而且说不定我们又会忍不住'滚床单'呢。在'野猴'里面的话，会感到尴尬和难为情，因而做不了那种事情。你就算再怎么血气方刚，也不会在'野猴'这种地方袭击我吧？要是你真的那样做的话，我会一辈子叫你'野猴'哦！"美园说。

我们从入口处的自动付款机里取出房间钥匙，然后搭乘电梯上楼，并排走在昏暗的走道上。一路上，美园絮絮叨叨地说着类似的话，看起来很紧张。

我打开505号房间的房门，拿起茶几上的遥控器，调节好室内的温度，然后打开电视，选好一个安全的民营电视台，接着坐到沙发上，开始吃免费的薯片。这次的气氛和在上次那个房间里时完全不一样，我也开始有些紧张了，不过还是尽量装作平静的样子，行为举止看上去像在家里一样放松。美园呆站在门口没有进来，却用尊敬的目光看着我，当然这也许只是她太过于目瞪口呆了而已。

"冰箱里有果汁，虽然要收费，不过价格还算公道。"美园听我说完，尴尬地走到迷你冰箱前，蹲下来看着冰箱里的东西。

"你躺到床上去。"等我吃完三分之一袋薯片，又喝完一瓶果汁后，美园终于平静下来了，开始傲慢地指挥我做事。

"一定要躺在床上吗？明天文化节，不是在教室里摆摊吗？有地方能让客人躺下吗？"我不解。

"少啰唆！今天我们就要做这个练习。好了，你快点儿去躺好。啊，记得把上衣脱掉。"美园说。

我按照她的意思脱掉上衣，"扑通"一声躺到蓝色条纹床罩上，抬头发现天花板上有一面镜子正对着大床。突然，耳朵处传来微微的刺痛，镜子距离我太远，我看不清，但我猜想自己已经面红耳赤了吧。美园仿佛没看到我通红的耳朵，她一只手放在我额头上，一只手放在我的胃部。美园的手掌干燥又温暖。她向上看了一眼，随即紧闭眼睛。我意识到我不应该偷看美园占卜，便继续看着天花板上镜子里的自己。

美园放在我额头和胃部上方的手掌渐渐湿润起来。她把柔软细腻的手放在我的身体上，手指探入我发间几厘米。在这越来越奇妙的氛围里，我的下半身开始不安分起来。我只好试着在脑海里回想今天学过的数学算式，并开始解题："已知 y 与 x^2 成正比例，且 $x=3$ 时，$y=18$，则 y 与 x 之间的函数解析式为……？已知 $y=2x^2$，当 x 从 2 变为 4 时，函数的平均变化率是……？"答案我算不出来。一不留神，在我的脑海里的数学算式的间隙中，浮现出一些猥琐的想法。看来我还是想点儿别的事情吧。这么说来，这个房间是没有窗户的，连涂黑的窗户也没有。

情人旅馆的房间里没有窗户，就算原本有窗户，也要伪装没有，真不知道是为了遮挡什么呢？除了光线和人的视线以外，还有什么需要被遮挡的吗？是需要挡住看向窗外的注意力吗？如果这里是我家的话，更加难以想象会变成什么样。房间里没有窗户，也没有餐桌，我们的一举一动全都映照在天花板上的镜子中。这么一来，妈妈定下的不可以隐瞒任何事的家规自然也就没有用处了吧。房间十分狭小，天花板上的镜子能映照出一切，这里的一切全都无法隐藏。如果我居住在这里，就能以比现在更加开朗愉快的心情度过每一天吗？还是……

"十九世纪末的西班牙……"美园突然挤出低沉的声音，只见她双眼紧闭，眉头紧蹙，"安达卢西亚地区……地中海沿岸……"她断断续续地说出几个外国的地名，又忽然睁大眼睛直视着我。

"我总觉得你这个表演方式，会适得其反……"比起数学算式，美园的这副模样简直让我的性欲烟消云散，我强忍着想要笑出来的冲动说。

但是美园一脸严肃地向我使眼色，示意我坐起来，然后滔滔不绝地说："京桥前世是一个出身于贫苦的渔夫家的女孩儿，有着绝顶美丽的容貌。父母对你的养育方式是放任自流，听起来好像很开明，其实是因为父母对你不管不顾，所以你很早就嫁给了一个同样贫穷的渔夫。你天生水性杨花，生育了两个女儿，却完全不清楚孩子的父亲是谁，因为你来者不拒。后来，你在二十五岁那年抛家弃女，和一个青年画家私奔了，心中却丝毫没有罪恶感，私奔期间连自己的孩子都不会想念。结果那个青年画家被贵族小姐看中后就立马抛弃了你。你竟然恬不知耻地跑回原来的丈夫家去了。"

我坐起来，看着像被附身了般的美园。她说到这里时，深深地叹了一口气，满头大汗。

"可以移到沙发上吗？"美园的声音变得像个中年女人。我按照她说的去做。我坐在沙发上，美园站在我面前，一只手放在我的额头上，一只手放在我的胃部附近，然后闭上眼睛，一边触碰着我，一边从正前方移动到右方，从右方移动到后背，再从后背移动到左方，绕着我转圈。美园绕到我背后时，胸部触碰到了我的肩膀，可是这次我心里毫无波澜。不仅是姿势的原因，我想起美园刚才着魔般的说话方式，身体一点儿反应都没有，完全没有兴趣了。

"京桥，谢谢你！实验成功了！"不知道在沙发上坐了多久后，美园突然睁开眼睛对我说。

我的汗水从被美园抚摸过的额头上滴落下来，腹部的校服衣角也被汗水浸湿了。我站起来，从冰箱里拿出一罐百事可乐，自顾自地喝了起来。

"如果不躺下来，我就看不到你的前世。不过如果就像京桥说的那样，在小房间里根本施展不开的话，那就必须跟保健室借场地了。所以我只好让你坐到沙发上，我再试一下，结果是没问题的。不管躺着还是坐着，我都可以清楚地看到你的前世。"美园说。

"我的前世好像很悲惨啊。"我用手擦了擦嘴角说。

"大家都是这样的，我不也一样吗？其实是因为前世的事情没有解决，所以才会有今生。"美园得意扬扬地说，并且开始站着吃薯片。

"美园，你的前世是怎样的？"

"我很久之前就跟你说过了，京桥装作感兴趣的样子听着，却根本没听进去。"美园说。

我好像真的听美园说过她的前世，但想不起来了，老实说，我完全不感兴趣。

"那我的前世到底是怎么一回事？什么安达卢西亚、贫穷又水性杨花的，究竟有什么含义？"我说。

"你还不明白吗？前世抚养你的双亲，今生是你的爷爷奶奶。当时你生下的两个孩子，是你现在的外婆和妈妈。妈妈是长女，外婆是次女。她们两人从小缺乏母爱，是在对彼此的憎恨中长大的。你的丈夫人很好，但也是个单纯的笨蛋，他就是你现在的父亲。和你私奔的对象——那个居无定所、放荡不羁的画家，是你现在的家庭教师。京桥，你不是常常要帮家人做事，不仅要整天绷紧神经，还要小心翼翼地照顾家人嘛，全都是你前世种下的因。因为你前世既无情又不知羞耻，给周围的人添了很多麻烦，所以现在轮到你来负责了。"美园站在电视前夸夸其谈。说完她叹了口气，从冰箱里拿出来一瓶矿泉水，一口气喝掉一半。

"然后呢？"我追问。

"什么'然后'？没有'然后'了，你想问什么？"美园不解。

"我是想问，将来我会怎么样？"

"京桥，我和你说，这不是看手相，也不是塔罗牌占卜。只能看到过去，看不到未来！"美园说。

"了解前世有什么意义？知道我现在的家人也是前世的家人，那又能怎样呢？我前世是一个水性杨花的女人，与青年画家私奔了，这又和现在有什么关系呢？还有，外婆的体检报告今天就要出了，和这有什么关系吗？"我问。我纯粹是对这一切感到疑惑而已，与信不信没关系。在十九世纪的安达卢西亚地区，前世的我是个水性杨花的穷女人，但那和今生的我有什么关系呢？

然而，不知为何，美园听完后非常生气，大发雷霆："你是傻瓜吗？你知道前世是什么意思吗？正因为有前世，所以才会有今生！前世有没完成或没处理好的事，今生就必须做完和处理好，没什么为什么。你前世给周围的人添了很多麻烦，所以今生必须还清前世的债，消除你的业障。今生有什么不公平的事，全都是有前因的。这就是做前世占卜的意义！"美园愤愤不平地说完，一副欲哭无泪的样子，转头把矿泉水一饮而尽。

现在美园的样子，与那天妈妈的背影重叠在一起，让我越发讨厌自己。像我这种从不会推己及人，只会在恶作剧伤害到别人后又无动于衷的性格，是和安达卢西亚地区那个水性杨花的女人有关吗？虽然我很想问，但又觉得问出口后美园会更加生气，只好默默地点头，表示同意。

医院护士站旁有一间休息室，我们被带进了里头的另一个房间。房间内物品摆放得杂乱无章，有大白板和白色大桌子。角落的转椅上堆着几本漫画杂志，白大褂搭在椅背上。垃圾桶里堆满了空的点心袋子和用过的纸巾，窗边的空调上散落着一些写有文字的便签。这个房间有一扇小小的窗户，但凝神一看，却看不到任何光亮，窗户上像涂了一层蓝色的油漆。

一位戴着无框眼镜、皮肤白皙的高个子年轻医生正在介绍这几天外婆的检查结果。我逐一打量白桌子旁的家人和亲戚。睁大眼睛专心听说明的妈妈；胳膊抱在胸前，眼睛朝向上方，像在思考什么的爸爸；托着腮，嘴唇微张的姐姐；穿着一身笔挺的西装，五官端正却长得与妈妈毫无相似之处的舅舅；穿着黑色开襟毛衣，把头发扎成发髻，看起来很神经质的舅妈。时间过去太久了，我早已记不清上一次见到舅舅是什么时候的事了，所以当我看到他也在场时就觉得很惊讶。系着领带的爸爸和身穿淡粉色套装的妈妈，这如同参加家长会般严肃的着装，也与此时此刻的场合很不协调。这一切让我感觉陌生到不像现实，反而像在拍电视剧。

"说到癌症，很多人一听就害怕，但我想事先声明一点，其实木崎女士的甲状腺癌没什么大问题。甲状腺癌有分化型和未分化型，比较麻烦的是未分化型，像个捣蛋鬼一样，会无序地快速增长，要小心应对。还有一种是分化型，木崎女士的是属于这个种类，这种大部分增殖速度和发展进程非常缓慢，我们可以掌握其变化情况。"医生说。

"我爸爸前世是江户时代的城主。"这时我突然想起美园告诉过我，她爸爸前世是个贪婪残暴的城主，每年都向老百姓征收高额税金，结果引起一个农民首领带头反抗暴政，那人就是她妈妈。前世不分男女。

"我稍微再说明一下木崎女士的甲状腺癌的情况，她得的是乳头状癌。"医生在白板上画图，"我画得不太好，哈哈哈，这是喉头、气管、锁骨……吊在这里的蝴蝶形组织就是甲状腺，会分泌激素。"

"那个农民首领强壮有力，也很有号召力，就是脑子不够聪明，于是聘用了一位年轻的军师，就是我妈妈现在的情人，是她想再婚的对象。之前我不是跟你说过吗？那个在超市工作的男人，他有时候会带着快要过期的点心来我家。"美园说。

"其实这种癌症，许多人都能与之和平共处一辈子。临床上曾发现不少病例，就是人患了其他疾病，去做检查时才发现也患有甲状腺癌。木崎女士的癌细胞增长速度非常缓慢，所以目前还没到必须立刻做手术的地步。如果开刀做手术切除病灶的话，将来每天就必须服药。"医生说。

"农民首领靠着年轻军师的指点，发动了农民起义，残忍地杀死了城主。起义结束后，这位城主的妻子自然无法再留在城里，只能逃到山里去躲起来。此时，天神下凡，降下神谕，于是城主妻子改名换姓后下了山，当上了新兴宗教的教主，她就是今生的我。"美园说。

"万一手术后还残留无法去除的癌细胞，我们会给木崎女士注射甲状腺激素制剂，让癌细胞误以为激素分泌依旧足够，从而抑制癌细胞的增殖。"医生说。

美园爸爸在她上小学时经常离家出走，但有时又会突然回家。经营时装店的美园妈妈有了新欢，想早点儿和美园爸爸离婚，再和情人结婚，可是美园爸爸一直不同意离婚。这不是前世，是她的今生。

"以上就是我的说明。虽然甲状腺癌的问题不严重，但也不能放着不管，加上木崎女士也同意做手术。所以现在是个开刀的好时机。"医生说。

"啊？！"妈妈突然发出尖锐的叫声，连小房间里的空气似乎都抖了抖。在场的所有人都看着妈妈。

"是她本人说要开刀做手术的吗？"妈妈问。

"前几天我们已经沟通过了。至于手术日期，定在十七日可以吗？具体时间可能会有变化，暂时定在下午早些时候。手术大概需要两个小时，最长也不会超过三个小时。希望在这段时间里，能有一位家属留在医院，方便照顾病人。接下来我要说明一下手术的方法。"医生说。

"那个……请问……"妈妈再次打断医生的话语。

爸爸和舅舅用责备的眼神看着妈妈，但她完全没有注意到。其实她的心思根本不在我们身上。

"她明明说过不愿意打麻醉药的啊！所以我还以为只能进行保守治疗，任凭癌细胞发展甚至共存。"妈妈说。

医生微微一笑，用食指推了推鼻子上的眼镜。"啊，您是说关于麻醉药的事啊，木崎女士一直担心的是，她在意识不清的情况下会在家人面前说出一些不该说的话。她说她以前看过一本书，主角担心在意识不清的情况下会把隐瞒的秘密公之于众，所以没有打麻醉药就做了手术。她很害怕自己也在意识不清的时候说出秘密。我不清楚她看的是小说还是与医疗无关的旧侦探小说。但不管怎么说，打麻醉药并不等于喝下'坦白药水'。"医生停顿一下，笑了笑，爸爸和舅舅也相视而笑。

"麻醉药的相关问题，大家不需要太担心。正如我一开始所说的，这种癌很少会转移，病灶也很少会突然快速增大。"医生背对着我们，抹去白板上的图画。

"秘密？就因为她有秘密，所以才说不愿意打麻醉药吗？"妈妈几乎把上半身压在桌子上。

医生被她突如其来的歇斯底里吓了一跳，颤抖着肩膀转过头来，一只手放在鼻子前不停晃动。

"不不不，她说并没有对家人隐瞒什么事情，只是不喜欢说些有的没的，应该是担心自己在意识不清的情况下胡言乱语。自己说出口的话，事后却一点儿都不记得了，真让人头疼。我有时候喝多了也会出现类似的情况，真是糟糕呢。那么，如果没有其他问题的话，就定在那一天做手术。其他事情请联系护士站，今天就先到这里，辛苦各位了。"医生一边用食指推了推眼镜，一边把话说完，随后打开小房间的门，示意我们可以离开了。妈妈却坐在那里一动不动，眼神呆滞地盯着某个地方，嘴里嘟囔着什么。爸爸无奈地过去将妈妈扶起来，我们一起走出房间，来到病房外的走道上。舅舅和舅妈说要去探视外婆，说罢便离开了，只剩下我们一家四口站在走道的尽头。

"我们也去外婆那里看看吧？"爸爸说。

"我不去了，你们去吧。"妈妈靠在墙壁上说。

爸爸向姐姐使了个眼色，两人朝外婆的病房走去，我也默默地跟了上去。走了几步，我在稍远的地方又回头看了看妈妈的身影。如果真如外婆所担心的那样，打麻醉药后人会坦白一切，我能毫不犹豫地走进手术室吗？我实在没有勇气接受不打麻醉药的手术，那么我会坚持不做手术吧。比起缩短寿命，我更加不愿意在家人面前暴露自己和美园、"野猴旅馆"的关系，也不愿意让他们知晓我在学校里的境遇。如果从打麻醉药后到药效消退这段时间里，没有任何家人在身边，那我也能接受手术。这样就不用担心自己会胡言乱语什么了，反正我不介意被医生或护士听到。

话说也是古怪，当一个人独处的时候，是不会产生秘密的，但一旦有他人在场，就会出现必须隐瞒的秘密。

妈妈一直背靠着墙壁，茫然地看着护士站。我望着她失魂落魄的模样，不禁想起自称"无根之草"的北野老师。我由衷地盼望着北野老师能如从前那样，与我并排坐在房间里谈天说地。如果我说"光明与黑暗是一体两面，与家人之间的关系相似"，北野老师一定会漫不经心地看着天空说"小孩子真单纯"吧。

"小光，你不进去看看外婆吗？"姐姐探视完外婆回来，戳了戳我的胳膊肘说。

"今天我就先不进去了。我上次来过了，而且下次就轮到我来医院了。"我说。

舅舅、舅妈和爸爸陆续走出来，我们一群人走向电梯。位于住院部和电梯之间的大厅里摆放了几排长椅，中央有一台电视。电视屏幕上正以大音量播放着新闻节目。长椅的一角有几个人背对着电视，不知为何他们都在低声哭泣。一对中年夫妇、三名年轻男女，其中一人还抱着一个小婴儿。他们就像冬天里依偎在一起取暖的麻雀那样，靠在一起啜泣，只有小婴儿笑眯眯地看着我们。

等电梯时，我们都偷偷往那几个人的方向看。大家都沉默不语。

"她坚持不打麻醉药的理由竟然是那样！"进了电梯，爸爸不慌不忙地说道。

"她是有什么不能说的秘密吗？"舅妈的声音又尖又细又高，音质像金属。

"谁知道呢。人活了快七十年，应该经历过各种各样的事情。特别是我们家，从以前开始就是乱七八糟的。对吧，绘里子？你应该知道她藏在心里的不愿被别人知道的秘密，是吧？你们的关系一直很亲密。"舅舅说。

舅舅的话音刚落，原本呆滞地盯着前方的妈妈忽然瞪大眼睛，转过头说："啊？什么？什么意思？"

电梯在三楼停下来，门开了，却没人上来。姐姐按下关门的按钮，电梯门关上了。

"你们的关系不是很好吗？一直以来都是。"舅舅说。

妈妈不明就里地看着舅舅。

舅舅双手插进裤兜里，面无表情地抬起头看着楼层按钮，说："直到现在，她开口闭口全是关于你的事情。你买了哪里的点心啦，送她花苗啦。嗯，从很久以前就这样了。"

"什么？"妈妈说。

"你们经常见面，又无话不谈，所以你应该知道她有什么不可告人的秘密吧？就算你没问，也应该猜得出来才对呀！"舅舅说。

"嗯……我……"妈妈嘴唇动了动。

我瞥了一眼面对面站着的妈妈和舅舅，发现妈妈根本没在看舅舅的脸，眼睛焦点无法集中的她看着舅舅的背后，眼神不断游移。她嗫嚅着，像想说什么却找不到合适的词句。

电梯里充斥着让人不适的安静。

"而且……"

"小光！"爸爸突然打断了正准备继续说的舅舅。

我们被爸爸的喊声吸引了注意力。

"小光当年就是在这所医院出生的啊！对了，下个月你不就过生日了吗？"爸爸似乎努力想要转移话题，脸上挤出了不自然的笑容。

"哎呀，小光多大了？"舅妈笑着问我。看起来是成功转移了话题。

"十五岁了！孩子在长大，我们也在变老，曾经的那个小不点儿不知不觉都长到十五岁了。"爸爸卖力地和舅妈聊天儿。

"啊？那我呢？"美娜追问。

"美娜出生时，这所医院好像还没建起来呢，对吧，妈妈？"爸爸说。

妈妈仍然茫然地与舅舅面对面站着，仿佛没听见爸爸的话一般。

电梯到达一楼，我们与正要走进电梯的人擦肩而过，离开了那个四方形的电梯厢。我们各自把胸前的访客证件交回接待处，一起走出医院。在深蓝色的夜空下，停在出租车乘车点的一排正在等候客人的出租车，亮起了红色的空车标志。

"我们开车过来的，下次再聊吧。"舅舅向爸爸深深地鞠了一躬。

"绘里子，十七日手术的事，我们电话里再说吧。"舅妈向我和姐姐轻轻地挥了挥手。

舅舅与舅妈紧紧相依，走下通往停车场的斜坡。我们目送他们离开。爸爸突然凶巴巴地说："一般开车的人不都会客气地请人搭车吗？他们真不会做人啊。"

"我现在超级饿！我们去'探索购物中心'里吃晚餐好不好？"姐姐来回看着爸爸和妈妈，挽起妈妈的胳膊，大声说。

妈妈缓缓侧过头看着姐姐，幽幽地叹了一声，说："说得也是。"

"喂，美园。"当其他家人正朝着公交车站牌走去，一路上热热闹闹地商量着究竟要去'牛角烤肉店'吃烤肉，还是去'萨利亚餐厅'吃意大利面时，默默地跟在他们后面的我，正在心里和美园说话。

"美园，人或许真的有前世呢！啊，请不要误会，我并没有随随便便就相信自己前世是安达卢西亚地区那个淫乱的女人,你是江户时代新兴宗教的教主。但我想,不管我们前世是怎样的人,在哪个时代,在哪个地方,我们一定还是像现在一样,与其他人一起群居生活着。因为我们明明没有憎恨任何人,却能自然而然地知道憎恨是何种感觉,明明没有感到特别寂寞,却能明白寂寞是怎么回事。我只知道自己在这个小小的城镇的小小的小区里有个小小的家。"

"小光,公交车到了!快点儿跟上!"姐姐高声呼唤我,我抬头一看,只见公交车站牌下的爸爸正朝我用力挥手。他身后停着一辆公交车,标示目的地的字样上打着白色的灯光。我一路飞奔,顺利跳上车。车上除了司机以外,只有我们四名乘客。大家各自找好位置坐下,车门关闭,公交车安静地开动了。

"前世因今生果,前世债今生还",这一定是美园自己的想法。因为身边发生了太多不公平的事,所以必须找个合适的理由说服自己认命和接受。不过,我也觉得这是个不错的想法。如果真像美园所说的那样,那么就算我们步伐缓慢，也一定能一步步地往美好的方向前进。至少我今后的人生肯定会比安达卢西亚地区的那个女人过得好得多，美园也必定能找到比大山深处被神附身的女人更好的归宿。

我们一家四口各自坐在自己的位置上，不约而同地纷纷望向窗外。公交车的车头灯划开黑暗的道路，不断前进。我原本打算明天在"探索购物中心"的楼顶把刚才脑海里涌出来的想法告诉美园，但在某个瞬间过后，我决定还是不说了，保持沉默。

我把额头贴在车窗上，感到一阵冰凉。天空的另一边，圆圆的月亮高高悬挂，像一盏朦胧的灯，散发着柔和的黄色光芒。熟悉的景象唤醒了我脑海深处的记忆，不是前世安达卢西亚地区的女人，而是今生在这个城镇里的记忆。记得那时候，爸爸在右边，美娜在左边，一起探头探脑地看着被妈妈抱在怀里的还是小婴儿的我。我在妈妈的臂弯里隐约能感受到公交车行驶时的晃动，同时也看到过和今夜一模一样的月色。

我回头一看，原本各自望向窗外的家人也不约而同地转过脸来看着我。我们四个人你看着我，我看着你，脸上都带着淡淡的笑容，仿佛我们刚才都沉醉在同一份记忆画面里。过了一会儿，大家的嘴角扬起暧昧的笑容，各自回头朝着车内四处张望。

挂在夜空上的一轮明月，似乎紧紧跟随在公交车后，始终将黄色的光芒笼罩在我们身上。